集英社オレンジ文庫

鬼恋語り

永瀬さらさ

本書は書き下ろしです。

鬼恋語り

目次

鬼恋語り

Oni Koi Gatari

登場人物紹介

椿臣冬霞

椿ノ郷の郷長・雪疾の妹。兄を討った緋天に嫁ぐ。

緋天

鬼の三部族をまとめる若き頭領。雪疾の親友であり仇。

早霧皇子

冬霞を気にかける櫻都の皇子。

黄羅
黄鬼である黄一族の族長。
飄々と中立を保つ。
青牙
青鬼である蒼一族の族長。
緋天に反目している。
遠羽子
緋天の館で働く人間の老女。
冬霞の世話係。
煉華
緋天の従姉で、
鬼族での緋天の嫁候補。

イラスト／ねぎしきょうこ

鬼恋語り
Oni Koi Gatari

第一話　鬼の嫁入り、参りやんせ

花嫁の出立《しゅったつ》は夜明け前だった。

藍《あい》色に染まる空の下、ひとつきりの提灯《ちょうちん》がゆらゆらと、屋敷の裏口から竹藪《たけやぶ》の小道を進む花嫁の小さな影を照らしている。行き先は葬儀の輿《こし》だった。葬輿《そうよ》嫁入りだ。嫁入りをしたら二度と生家へは戻らないように、婚礼を葬礼にみたてた嫁入りである。

周囲にただよう悲壮《ひそう》感も葬儀と変わらない。しかたのないことだった。花嫁が今からのりこむ輿が向かうのは、鬼の里だ。

鬼の嫁入り。

鬼は人を喰うと言われている。そこへ人の女が嫁入りするのだ。小柄な体にあわせて仕立てられた正絹《しょうけん》の白無垢《しろむく》は死《し》に装束《しょうぞく》で、輿はただの棺桶《かんおけ》だ。

そこへ静寂を破る蹄《ひづめ》の音が近づいてくる。

「――冬霞《とうか》！」

名前を呼ばれ、花嫁が振り向く。その拍子に竹藪から吹いた風が、綿帽子をめくり、花嫁の顔をあらわにした。

幼い面差《おもざ》しが残る少女だ。事実、冬霞と呼ばれた少女はまだ数えで十二だった。

だが年齢より特筆すべきは、真夜中でも星のように輝く白銀《しろがね》の髪と、青空を写し取ったような瞳だろう。それは様々な人間が集まるという櫻都《おうと》でさえ、そして今から向かう鬼の里でも、異質な色合いと言われていた。

「早霧皇子《さぎりおうじ》」

馬を駆って現れた青年の名前を呼び、花嫁──冬霞はそっと綿帽子をかぶりなおす。

見知った相手だが、もう冬霞は人妻になる身だ。夫となる人以外に顔を見せないようにするための真綿の布に、役目を果たしてもらうべきである。

軽やかに馬から飛び降りた早霧皇子は、手綱《たづな》を近くの竹にくくりつけて、冬霞の前で足を止めた。

「驚いた。櫻都に戻ったら、君はもう輿入れのために椿ノ郷《つばきのごう》へ出立したと言われて」

「入れ違ってしまったのでしょう。ご挨拶《あいさつ》もできずに、申し訳ございませんでした」

「それはいいんだ。それは、いいんだが……」

早霧皇子が言いよどむ。これが普通の祝言《しゅうげん》ならばよからぬ噂《うわさ》が流れる振る舞いだが、供はここから輿を運ぶ者たちだけ、しかも冬霞はもう二度とここへ生きて戻らぬだろうと思われている身だ。とがめる者などいない。

「本当に、行くのか」

「帝《みかど》のご命令ですから」

「父上はどうかしている。まだ幼い君を、和睦《わぼく》のためとはいえ命じられるまま鬼に嫁《とつ》がせるなど、あまりに情けがない」

「そうでしょうか。わたしが和平にむけて鬼と人の架け橋となれるなら、名誉なことだと思います」

「本気でそんなことを言っているのか？　君が今から嫁ぐ相手は、君の兄の仇《かたき》だぞ」

兄の仇。

思わず帯にさした懐剣に手をやる。すると早霧皇子に、両肩をつかまれた。

「必ず、君を助け出してみせる」

今まででいちばんの問題発言に、冬霞は眉《まゆ》をひそめた。

「わたしは嫁ぐのです、皇子。助ける必要はないと思います」

「もし君の兄君が生きていたなら、こんな横暴を許すはずがない」

「……兄は自分より強い男にしかわたしを嫁にやらない、と言っておりましたので、兄を討《う》った男に嫁ぐなら、反対しないようにも思いますが……」

「何を言う。かの鬼は正面から君の兄と戦ったのではなく、毒を盛って首を取ったともっぱらの噂だ。そのような卑劣《ひれつ》な相手を強いと言えるのか？　それに、もし兄君が負けなければ、君は私に嫁ぐはずだったんだ。そういう話になっていた」

それはそのとおりなので、冬霞は口をつぐむ。

「鬼と正式に和平を結ぶ会合が、春に櫻都で開かれる。君も会合につれてくるよう、要請した。迎えも用意する。そのときに必ず、君を取り戻してみせる」

そんなことを言われてもうなずけるわけもなく、困ってしまう。だが、早霧皇子は冬霞が助けを拒《こば》むのは遠慮《えんりょ》からだと決めつけているようだ。

「嫁と称しているが、要は戦利品。英雄の妹を辱《はずかし》めて、人間の戦意を折る気なのだ。見せしめとしてつらい目にあうだろう。だが、私を信じて待っていてくれ」

そもそも、冬霞は今までも人質《ひとじち》だった。それを助けようなどとは言い出さなかったのにと、勝手さに呆《あき》れてしまう。

だが、ここで嘆息《たんそく》を返すほど礼儀知らずでもなかった。早霧皇子が櫻都でいちばん冬霞を気にかけてくれた人物だったのは確かだ。

伝わるように願いながら、冬霞は言葉を選ぶ。

「心配しないでください。わたしは、しあわせになる道を自分で選びます。それが、兄の願いですから」

「……そうだな」

「お元気で。わたしのことはどうぞ、お捨て置きください」

冬霞は目礼して、人目を忍んで用意された輿へと再び歩き出す。

その場に佇《たたず》んで見送る男の視線は気になったが、意識はすでに兄の仇と呼ばれる男に向いていた。

(確かめなければ。本当に、兄さまを殺したのは誰なのか)

棺桶がわりの輿にのりこむ足取りに、迷いはなかった。

櫻斗国《おうとのくに》は、帝の住まう櫻都を北から椿ノ郷、菊ノ郷《きくのごう》、藤ノ郷《ふじのごう》、橘ノ郷《たちばなのごう》という四つの郷で囲むようにしてできた国である。

しかしこの国は古来より、鬼が出没する土地だった。

鬼という存在がいつどこで生まれたのか、その答えははっきりしない。人の亜種であると言う者もいるし、人より先に生まれたと言う者もいる。堕《お》ちた神のなれの果てだと言う者もいる。

わかっているのは、逢枝山《おうえだやま》という山に里を作って住んでいること。下っ端の鬼は醜《みにく》く肌の色も人と異なる異形《いぎょう》だが、頭がよく力のある鬼は角《つの》が生えているだけで人と変わらぬ見目をしていること。そうした鬼たちを、頭領《とうりょう》と呼ばれるそれはそれは強く美しい鬼がまとめていること。長寿で百年でも若いまま生きるが、同族同士では子をなせないこと。

そして、人を食糧としていることである。

だから鬼は人を喰うため、同族を増やすため、人を、特に女をさらう。神隠しとして、あるいは生け贄《いにえ》として。

呪力という不可思議な力で鬼火を出し、単純な腕力でさえ圧倒的に勝る鬼に、人が対抗するすべなどほとんどなかった。鬼が嫌うという桃の木を集落のまわりに植えるのがせいぜいだ。あとは鬼と同じく呪力を持つほんのわずかな者たちが、かろうじて戦えるという程度だった。

一方的な防戦が改善されたのは、逢枝山と一部接しているにもかかわらず、なぜか鬼が近寄らない鳴訣山《なきわかれやま》から鉱石がとれるようになってからだった。掘ると泣き声のような音をたてることから慟哭石《どうこくせき》と名づけられた鉱石が、呪力を秘めていたのだ。

慟哭石からうたれた武器ならば鬼と戦えることがわかると、帝の命令で火縄銃が量産され銃火器のそろった軍がととのえられた。そこから人は、本格的に鬼へ抵抗するようになった。人は増えるが鬼は増えにくいのもさいわいし、拮抗《きっこう》状態を保てるようになった。拮抗が崩れたのは、十年ほど前。鳴訣山にあった唯一の里が焼き払われたのをきっかけに、戦《いくさ》が始まった。

主な戦場となったのは、逢枝山と山図川《さんとがわ》を挟んで接している椿ノ郷だ。冬霞の故郷である。

山図川から逢枝山へ、あるいは椿ノ郷へ、戦線を押したり引いたりしながら戦は飽くことなく続いた。朝も昼も夜も終わらない戦いに、最初は協力的だった櫻都や他の郷もこれは人と鬼の戦いだということを忘れて他人事《ひとごと》になっていった。郷長《ごうちょう》の一人娘でまだ八つだった冬霞を忠誠の証《あかし》として櫻都へ住まわせ、敗北は許さないと椿ノ郷を脅《おど》しつける有様だった。その間にも戦局は泥沼化し、郷長も討《う》たれ、椿ノ郷はどんどん疲弊《ひへい》していった。

それに終止符を打つ英雄がひとり、人間側に現れた。

椿ノ郷の若き郷長・椿臣雪疾《つばきおみゆきと》——名前のように真っ白な髪を持つ、冬霞に残されたたったひとりの家族であり、兄だった。

雪疾は、呪力と人間離れした剣技で椿ノ郷から戦線を押し戻し、鬼からは鬼斬《おにぎ》りと呼ばれて畏《おそ》れられ、人からは喝采《かっさい》を浴びた。

だが、雪疾がついに鬼の頭領をしとめたそのとき、鬼側にも英雄が現れた。緋天《ひてん》と呼ばれる、若い鬼だった。雪疾とその軍勢をたったひとりで押し返し、逢枝山を守ったその鬼が新しい頭領となったのだ。

戦況は再び膠着《こうちやく》状態に戻ってしまったが、今度は一年ほどしかもたなかった。噂によると、三日三晩の一騎打ちののち、雪疾が緋天に首を落とされたからである。

その悲報は、鬼退治など忘れていた都にまで激震を走らせた。逃げ出そうにも人間は食糧だ。鬼は追いかけてくるだろう。海を渡って外ツ国《とつくに》へ向かうのも命がけだ。

ところが、朝廷がなんの役にも立たない会議を繰り返して右往左往《うおうさおう》している間に、鬼側から和平を見据えた降伏勧告がきた。

条件はみっつ。

ひとつ――椿ノ郷は今後、鬼と人の住む領土として再建すること。

ふたつ――その証として、椿ノ郷の郷長一族、最後のひとりとなった椿臣冬霞を、鬼の頭領である緋天に嫁入りさせること。

みっつ――春に和平を結ぶ会合を櫻都で開き、その会合で和平の約定を交わす。なお約定制定後から、椿ノ郷の郷長は代々鬼の頭領が兼任する。

この条件を『椿ノ郷を鬼の餌場《えさば》としてくれてやれば、和平を結んでやる』という話だと朝廷は解釈した。

雪疾を失った今、人間側にとって破格の申し入れだ。朝廷はその場で了承を返し、椿ノ郷から人が逃げ出さないよう見張る関所や塀《へい》や柵《さく》の建設が始まった。早霧皇子は反対していたようだが、朝廷側の行動は残酷《ざんこく》でも合理的だと冬霞は冷めた目で見ていた。

そもそも椿ノ郷は戦場と化したことで大部分が焦土《しょうど》になっており、男たちはほとんどが雪疾と共に鬼と戦うばかり。女子どもも、大勢が疎開《そかい》している。利用価値の低い土地、民はもともと鬼と戦うかさらわれるか喰われて死ぬ運命だ。餌場としてくれてやってもかまわぬ、そう考えられるのは当然だった。

もともと鬼と自ら戦うなどという発想のない櫻都の貴族連中にとって、椿ノ郷は異形の者と戦っている気味の悪い者たちの郷になっていた。良心も痛まなかっただろう。人を差し出すことで鬼が増えたらどうするという早霧皇子の意見はもっともだったが、条件を拒んで櫻都に侵攻される危機感以上の説得力はなかった。

郷長である雪疾が殺されたことで招いた事態なのだから、郷の責任であるという論調には、さすがの冬霞《やから》も呆れた。戦がなくなるのだから今より椿ノ郷が平和になると、悪びれもなく口にする輩までいた。

(でも、確かにましかもしれない。あんな人たちを守って無駄に死ぬよりは)

冬霞と同じことを思ったのか、それとも郷長である雪疾を失った時点で覚悟を決めていたのか、郷から不満はあがらなかった。冬霞のおつきとして一緒に櫻都にいた者の中には涙を見せる者もいたが、それでも戦の勝者である鬼側の要求は理不尽ではないと理解していた。皇女ではなく雪疾の妹であり郷長一族の姫の降嫁《こうか》を要求されたのは、鬼側が椿ノ郷に敬意を表しているとも言える。結納金と持参金、祝いの品もすべて椿ノ郷の復興にまわしてくれという冬霞の願いも、鬼側は聞き入れてくれた。

皮肉な話だった。守った人よりも、戦った鬼のほうが椿ノ郷を尊重しているのだ。

それが伝わったのかどうかはわからないが、椿ノ郷から逃げ出す者もほとんど出ていないと聞いている。鬼との戦で常に最前線となっていた椿ノ郷の民は、戦の民だ。よくもわるくも『負ける』ということに対して、潔《いさぎよ》いのだろう。冬霞の母方の叔父《おじ》・北斎《ほくさい》が一時的に郷長代理として皆をまとめ、復興が始まっていると聞いた。

とはいえ、春の会合で和平が結ばれれば正式に鬼の領土になる。本当に鬼がうろつくようになれば、また話は変わってくるだろう。

何より、心情的な問題がある。たったひとり残った郷長一族の娘である冬霞が嫁ぐ相手が、郷長を——兄の首を落とした鬼であることだ。

だが冬霞や椿ノ郷の心情など朝廷側も時間の流れも考慮《こうりょ》するわけがなく、冬霞の輿入《こしい》れの準備はあっというまに終わった。

輿が目指すのは、椿ノ郷からまっすぐ北にあがったところにある逢枝山の麓《ふもと》だ。そこで輿を鬼が引き取りにくる手はずになっていた。

輿の小さな窓から外を見ていた冬霞は唇を引き結ぶ。日が出ているというのに、どこもかしこも雪に埋もれて真っ白だった。これでは、なんの感傷もわいてこない。

それくらい椿ノ郷には何もなかった。何もかも、焼け落ちてしまったのだ。

なんとむごい、おのれ鬼共めと思えればよかったのだろうが、ただ白いだけのこの景色の前ではそんな感情すら愚かしい。

やがて輿は、櫻都でも目にしないような大きな跳ね橋を渡り始めた。逢枝山から椿ノ郷を迂回《うかい》して流れる山図川にかけられた橋だ。これをこえれば鬼の住まう逢枝山、だからこの川に近づいてはならないと教えられて椿ノ郷の子どもは育つ。

つまりここが人と鬼の実質的な境界線であり、この橋をこえればいよいよ鬼の住む世界だ。

嘆息《たんそく》と一緒に小窓の御簾《みす》をおろした。決してあたたかくない輿の中で、これからを考えて目を閉じる。何が起こるかわからない。とにかく冷静に。

（……兄さま。どうか、わたしを見守っていてください）

そう思ったそのとき、輿が大きくかしぎ、地面に落ちた。

衝撃に目を閉じた冬霞の耳に、くぐもった剣戟《けんげき》と怒号、馬のいななきが飛びこむ。逃げろ、という声も聞こえた。輿が襲われているのだ。

だが、いったいどこの輩なのか。

ただの賊《ぞく》ならいい。だがこれが人と鬼の和平への一歩だと知っていての襲撃なら――まして、この橋の上はまだ椿ノ郷だ。椿ノ郷の人間がやったなどということになったら。

武器は懐《ふところ》に忍ばせた懐剣ひとつ。

白無垢《しろむく》は重たくてとても身軽に動くことなどできないだろう。だが、それでも無事に冬霞は鬼のもとへたどり着かなくてはならない。もし死体になるとしても、逢枝山で死体にならなければならない。

それくらいのことはわかっていたから、息を殺して輿の御簾をそっと持ちあげる。

だが、すでに判断が遅かったことをさとった。

「鬼斬りの妹だな」

青い肌と角を持った、大きな鬼が、橋の上を歩いてくる。橋の下はごうごうと音を立てて川が流れていた。逃げ場はない。

丸太のように長く太い金棒が、勢いよく振り下ろされる。

冬霞はとっさに抜いた懐剣で、鬼の足を斬《き》りつけた。ぎゃっと鬼は悲鳴をあげて金棒を手放したが、そのまま落ちた金棒に輿が半分押し潰される。だが、白無垢の長い裾《すそ》が巻きこまれたおかげで、転がった冬霞は橋の下には落ちずにすんだ。

「この――っ」

怒りに目を燃やした鬼が冬霞に腕を伸ばす。首をつかまれ持ちあげられた。冬霞の背丈の三倍はある鬼に持ちあげられては、足をばたつかせるだけで精一杯だ。しかもそのまま橋の外に突き出されて、身がすくむ。

連日降る雪を吸いこんだ川は、あきらかに増水していた。落ちたら助からない。それでも声を押し出した。幼く力もない自分には、言葉しかない。

「や、めな、さい」

「あァ⁉」

「わたしは、あなたがたの頭領に、望まれました。約定を、たがえるつもりですか？」

絶え絶えにそう言うと、牙を剝《む》いて鬼が笑った。

「頭領だと？　あんな半端者《はんぱもの》を、鬼喰《おにぐい》も持たぬあんな若造を、頭領と認めるわけが――」

話の途中で鬼の顔が変形した。

横っ面《つら》を殴《なぐ》られた青鬼が、橋の向こうに吹っ飛んでいく。同時に川へと落下しかけた冬霞の体が、片腕で抱き留められた。

かろうじてひっかかっていた綿帽子が、空に舞い上がり、飛んでいく。それと一緒に、冬霞の目の前を、つややかな黒髪がかすめていった。

長身の青年だった。両肩にかけただけの黒五つ紋付き羽織《はおり》が、雪のまじる風になびく。羽織の下は広袖《ひろそで》に黒の着物を着ているだけで、うっすら雪の積もる橋の上に草履《ぞうり》で立っていた。長い黒髪はひとつに結っていたが、ただ紐でくくっただけで、整えられていない。まるで支度《したく》中に飛び出してきたような中途半端な格好だ。

だが、黒の紋付き羽織に白鼻緒の畳地《たたみじ》草履というのは、花婿の正装である。それに気づいて、冬霞は目を瞠《みは》った。

年は二十すぎだろうか。刀の柄をくるりと順手に持ちかえ、橋の向こうに倒れている青鬼をじっと見据える姿には、妙な落ち着きがあった。

「お前だけか。ならば去れ」

端的に、それだけ青年が言った。起き上がった青鬼が青年を見て、色をなくす。

「今、立ち去るならば、見なかったことにしてやる」

「……」

「それともこれを、蒼一族《そういちぞく》の総意とみなすか？」

青鬼は無言だったが、そのまま地面を蹴《け》って逢枝山へ向かって飛んでいった。人にはない跳躍力と速さで逃げていく姿は、すぐに見えなくなった。

ほっと息を吐き出して初めて、冬霞は自分の体がこわばっていることに気づいた。手が震えているのは、寒さのせいだけではないだろう。

「無事か？」

頭上近くで突然青年に尋ねられて、こくりと冬霞はうなずいた。

「椿臣冬霞だな？」

今度は青年の顔を見て、もう一度冬霞はうなずいた。

「他の人間は？」

首を横に振った。幸か不幸か、誰も、遺体すら橋の上にはなく、壊された輿の残骸《ざんがい》があるだけだった。

もともとまともではない花嫁行列だ。はした金につられたならず者たちと、あとは見張りが二、三人いるだけだった。あの青鬼の狙いが冬霞であったことはあきらかだったし、さっさと輿を置いて逃げ出したのだろう。

青年はちょっと眉《まゆ》をよせたが、嘆息して腰からさげた鞘《さや》に刀をおさめた。

「では、屋敷に向かう」

自己紹介どころか、移動手段とか、そういう説明すらなかった。おそらく、無口なたちなのだろう。無口というよりも極端に言葉が足りなさすぎるが——それを責めるより、冬霞から確認したほうが早い。

他人を変えるより自分を変えるほうが早いと、常々兄も言っていた。

「あの、あなたはわたしの夫になる緋天さまで——」

だが冬霞の質問はそれ以上続かなかった。

軽く地面を蹴った青年の駆ける速度が馬よりも速かったからだ。あっという間に橋の向こう岸に着地し、枯れ木だらけの山の麓が見えたと思ったら、今度は木々を飛び越え、枝を足場にしながら青年は山頂を目指し始める。

片腕で抱きあげられただけの冬霞はもろに風圧をくらっていた。舌を噛《か》まないためには、奥歯を噛みしめて口を閉ざすしかない。

（そ、そうだろうと、思うのだけれど——）

尋常《じんじょう》でない身体能力と、青年の前髪から、隠れ見えるふたつの赤い角。

冬霞をたったひとりで助けにきたこの青年は、美しい赤鬼だった。

山頂付近を覆《おお》っている雲の中を進み、下りにかかると青年は速度を落とし、やっと地面に足をおろした。そこから見える光景に、冬霞はまばたく。

景色が一変していた。

（彼岸花《ひがんばな》……今は冬なのに）

枯れ草がのぞくだけだった白い地面は雪の中でも皓々《こうこう》と狂い咲く彼岸花の絨毯《じゅうたん》へ、下り坂の山道は石畳の階段へと変わっていた。階段は三《み》つ叉《また》になっており、朱、紺碧《こんぺき》、黄金の色の鳥居がそれぞれその入り口を見張るように立っている。見あげるほど大きなその鳥居の先はばらばらになっているようだが、奥は雲に覆われて見えない。

「三色鳥居。里の入り口だ」

それだけ告げて、青年は冬霞を抱え直し、朱色の鳥居をくぐった。雲が流れる鳥居の道は、白くかすんで視界が悪い。だが青年はしっかりした足取りで、階段をおりていく。

いきはよいよい、かえりはこわい。そんな言葉が浮かぶ。

鳥居の数を十三かぞえたところで、視界が突然開けた。

曲がりくねった石畳の階段の下、逢枝山から続く他の山に囲まれた山間《やまあい》に、里が広がっていた。厚い雪雲に覆われた重たい空の下で、真っ赤な提灯《ちょうちん》がいくつもゆれ、屋根の瓦《かわら》を、障子《しょうじ》が貼られた窓を、薄く積もる雪を、柔《やわ》らかい色合いにそめている。

山間からは、それぞれ周囲の山へと続く階段がいくつものびており、様々な高さで建物が並んでいた。

「……ここが、鬼の里ですか？」

「緋一族の里だ」

山間へ向かう石の階段をおりながら、青年が微妙に先回りした回答をする。やはり説明が足りないと思ったが、知識をすりあわせれば言いたいことはわかった。

鬼にも派閥《はばつ》がある。一番簡単な見分け方は角《つの》の色だ。鬼の角は赤、青、黄のどれかの色に属している。そして角の色によって緋一族、蒼一族、黄一族《きいちぞく》とわかれているのだ。それぞれに族長がおり、里があるという噂《うわさ》は冬霞も聞いていた。

それと、先ほどのあの三色の鳥居。

おそらく一族を象徴する色の鳥居の先に、それぞれの一族の里があるのだろう。逢枝山の頂上は、その分岐点なのだ。

青年は山間まではおりず、中腹辺りで左手に折れた。石が積まれ段差をつけたそのさらに上に、漆喰《しっくい》の高い壁が続いている。武家屋敷の構造に似た外観だ。

ずいぶん歩いてからやっと、正面門が見えた。

「ここが家だ」

青年の言葉はやはり端的すぎて、まったく説明になっていない。そのまま門をくぐって式台のある表玄関へ向かう青年に、冬霞は声をかけた。

「あの、おろしていただけませんか」

ちら、と青年の視線が冬霞の格好と足下へと落ちた。

「雪が積もっている」

——たぶん、小柄な冬霞が重たい白無垢《しろむく》と木履《ぼっくり》で雪のうえを歩くのは危険だと言いたいのだろうと、できるだけ好意的に解釈した。

「ですが、玄関から入るのは無作法《ぶさほう》では？」

「そうなのか？」

「……少なくとも椿ノ郷では、嫁は客ではないので、縁側から婚家に入る習わしです」

嫁は庭からもらえ、などということわざもあるくらいだ。

「ではそうしよう」

特に反発するのでもなく、青年は表玄関へ向けていた足の向きをかえ、そのまま庭へと進んだ。言葉は足りないが、話は聞いてくれる鬼のようだ。会話になれてきた冬霞は、縁側が見えた時点で先に声をかけた。

「嫁《とつ》ぐのですから、自分の足で入ります」

青年は少し思案したようだったが、沓脱石《くつぬぎいし》の前で冬霞をそっとおろしてくれた。さくりと、木履が雪を踏む小気味いい音がする。

裾を汚さないよう、軽く指でつまんで持ちあげ、石の上にのる。そうすると、横から手を差し出された。足元を心配されているようだ。

素直に手を借りて、冬霞は木履を脱ぎ、左足から縁側の板敷きにあがる。

ほっとしたとたん、再度抱きあげられた。

「部屋はこっちだ」

驚いた冬霞に反応するでもなく言うだけで言って、青年は縁側から屋敷の中へと入りこんだ。

それ以上の説明はやはりなかったが、不思議と不快ではない。だがその言葉少なさに流されて、大事な質問の答えを聞いていないことを冬霞は思い出した。

ここまできて違うと言われても困るので、質問ではなく確認になる。

「あの、緋天さまですよね？」

緋天というのが、冬霞が嫁ぐ鬼の頭領の名前だ。

返答に少し間があった。能面のような表情だが、どうやら今までのことを思い出そうとしているらしい。

「……言っていなかったか？」

「はい」

「そうか。そうだ」

人の──この場合は鬼の、かもしれないが──気配のない屋敷をずんずんと進み、離れにたどり着いた青年は、戸を開いて冬霞をおろした。

そこで初めて目があった。

「お前の兄の仇《かたき》だ」

大切なことのように告げて、緋天は背を向け、どこかへ行ってしまった。それこそ声をかける時間もなかった。

普通、夫婦の盃《さかずき》を取り交わしたりするものではないのか。冷静に段取りをなぞってみたが、人間の嫁をとるというより女をさらってきた鬼に、そもそも祝言《しゅうげん》という概念《がいねん》があるのかあやしいことに、置いてきぼりをくらって数秒たってから冬霞は気づいた。

「なるほど、これが文化の違い……」

「ちょっと緋天！　帰ってきたの⁉」

ひとりで納得した冬霞の耳に、女性とおぼしき高い声と荒い足音が響く。

現れた女性は、人と同じ見目をしていた。だが艶《つや》めく黒の前髪の隙間《すきま》から赤い角を生やしている。背後のわびしい冬の庭に炎を灯すような、華やかな女鬼だった。じっと見ていると、あちらも冬霞に気づいて、瞠目《どうもく》する。

「雪――……」

思わずといったつぶやきを、女が苦い顔でかみつぶした。

呼びかけたのは、しんしんと降り続ける外の雪のことではなく、兄の名だろう。白銀の髪に、白装束。今の冬霞と似た色合いで、兄は戦場を駆けていたと聞いている。

一方で、この女性が戦場を知っていることを疑問に思った。

深紅に蝶《ちょう》が描かれた大袖《おおそで》の襟《えり》の下から、大胆《だいたん》に白の裳《も》がのぞいている。緋天を呼び捨てにしていることからしても、女中《じょちゅう》だとは思えない。

身内か、客か。いずれにしても非礼にならないよう、冬霞は先に軽く目礼する。

それで女のほうは我に返ったようだった。

「……あなたが、緋天の嫁になるっていう子？」

こくりとうなずき返すと、ふぅん、と相づちが返ってきた。上から下まで自分を眺めるその目は、あきらかに冬霞を値踏みしている。

「普通の人間ね。緋天ってば、連れてくる人間を間違えたのではないの？」

「椿臣冬霞は、間違いなくわたしです。未熟な身でありますが、精一杯つとめさせていただきます」

「兄の仇に？　人ってずいぶん情が薄いものなのね」

色っぽい流し目が、ちらと冬霞の帯にある懐剣を見た。

「まぁいいわ。あたしは煉華《れんか》。緋天の従姉《いとこ》よ」

「緋天さまのご親戚《しんせき》なのですね」

「で、緋天の鬼の嫁候補よ」

「では、わたしを始末しにいらしたのでしょうか？」

冬霞は情緒《じょうちょ》には理解を示したいが、無駄は嫌いである。

だから率直《そっちょく》に質問したのだが、煉華は顔をしかめてしまった。

「やめてちょうだい。鬼同士、子がなせぬことは知っているでしょう。あなたがいなければ緋天の子が作れないではないの」

「……なるほど。頑張ります」

この回答で正しいか自信はなかったが、煉華は満足げにうなずいてくれた。

「あの雪疾の妹でしょう。どんなに強い鬼が生まれるか、楽しみにしてるの。だから安心なさい、頭にこない限り喰ったりしないわ」

頭にくると喰うのか。想像したくない未来である。

「それと、こっちは遠羽子《とわこ》」

紹介されて初めて、冬霞は煉華のななめうしろにいる小さな姿に気づく。

白髪をかんざしでひとつにまとめて結いあげ、ねずみ色の着物を身につけたその老婆《ろうば》の頭には、角がなかった。

「人間よ。あんたの世話係にはちょうどいいでしょ。緋天に戦《いくさ》で助けられたからって恩を感じてるらしくて、ここで働いてるの」

思いがけず親切に煉華が答えてくれた。

煉華のうしろから静かに進み出た遠羽子が、深々と頭をさげる。

「遠羽子と申します。なんなりとお申し付けくださいませ、冬霞様」

「よろしくお願い致します」

「ねぇ、ところで緋天はどこなの？」

「わかりません」

正直な冬霞の答えに、煉華は大げさなため息を吐いた。

「まったくもう！　祝言はなしだろうと思ってはいたけれど」

鬼でもやはり祝言はあるらしい。心の内で自分の思い違いを訂正《ていせい》していると、遠羽子がおだやかな声で答える。

「盃の酒を買いに行かれたのでしょう。冬霞様を迎えに行かれる際、盃用の酒瓶《さかびん》をわってしまわれたので」

「なんなのその間抜けな理由は。……やっぱりこの屋敷、もっと人手を増やすべきよ。頭領なのに自分で買い物だなんて。緋天はどういうつもりなの」

赤い爪を噛《か》んだ煉華はいらだたしげだ。対照的に遠羽子は落ち着いている。

「御館様《おやかたさま》には、御館様のお考えがあるのでしょう。では、冬霞様。夫婦固めの盃をかわすまで、もうしばらくそのままの格好でお待ち頂けますか」

冬霞は自分の白無垢を見おろしたあとで、うなずいた。邪魔、重い――と言ってしまえば身もふたもないが、ここまできたならもう少しの我慢だ。

「綿帽子を落としてしまったのですが、大丈夫でしょうか」

「かわりのものをご用意致しましょう。輿《こし》が蒼一族に襲撃されたとか。おけがなどはございませんか」

「大丈夫です。緋天さまに助けていただきました」

「……その蒼一族の鬼を緋天はどうしたの？」

煉華の質問に、冬霞は顔を向ける。

「お引き取り願っておられました。大事にはならないと思います」

「殺してしまえばいいものを、甘いこと。そんなことだから蒼一族も黄一族も、緋天に挨《あい》拶《さつ》ひとつきやしないのよ」

「ですが、そのように簡単に殺してしまっては、ただでさえ少ない鬼が滅《ほろ》んでしまうのではないですか？　少なくとも、わたしに頭領の子どもを産ませるなんてことがまかりとおるくらいには、困っておられるのでしょう」

煉華が唇の端を持ち上げた。

「雪疾の妹が、それを言うとはね」

しまった、失言だった。

だが煉華は妖しく笑って、長い髪をうしろに振り払った。

「帰るわ。祝言だっていっても、宴《うたげ》もないんでしょう。相手があの雪疾の妹じゃ、誰もきやしないでしょうし」

鮮やかに袖をひるがえし、煉華が廊下《ろうか》を戻る。ふと冬霞は思い当たったことに、その背中に声をかけた。

「煉華さま。お祝いにきてくださって、ありがとうございました」

価値観はだいぶずれているが、そういうことだろう。

珍妙なものを見るような一瞥《いちべつ》を向けられてしまったが、煉華も肩をすくめるだけで否定はしなかった。

「親切な女性ですね」

「お気をつけなさいませ。恐ろしい方でございますよ」

何気ないつぶやきに、遠羽子がそう返した。忠告にしては、穏やかな声だった。

「鬼だから、ですか？」

「いいえ、恋をしている女だからでございます」

齢《よわい》十二だ。そうかとうなずくには、経験が足りないことはあきらかだった。

黙った冬霞をからかうように、遠羽子が続ける。

「それに、人など頭から食べてしまわれますよ」

顔をしかめると、遠羽子はいたずらを成功させた子どものように忍び笑う。

「ああ、怖がらせてしまいましたか。ですが人を肉まで食べるのは、下っ端の醜《みにく》い鬼だけでございます」

「……肉まで……」

「屍肉《しにく》までむさぼり食う姿は、大変恐ろしい光景でございますよ。ですが、煉華様のような方々は、普段は人と変わらぬものをお食べになります。肉まで食べるなど下賤《げせん》な鬼のすることだと」

「では、何を食べるのですか？」

疑問をぶつけると、遠羽子は身震いするようにして小さく声をひそめた。

「命でございますよ。首にこう、牙をたてまして、人の生気をすすってしまう。食べられた人は最後は皮と骨だけになってしまうのです」

「……ひょっとしてわたしは今晩、緋天さまに食べられてしまうのでしょうか？」

それは困る。遠羽子は首を横に振った。

「大丈夫でございますよ。緋一族は人間を大事にするほうですし、何より御館様は人を食べないお優しい鬼なのです」

「人を食べない鬼？」

初めて聞いた。驚いた冬霞に、遠羽子がはいと応じた。

「正確には、食べられないのだとか。それをなじる鬼もおりますが、おかげさまで私は安心してお仕えできております」

「……あなたは緋天さまに助けられたと、さきほど聞きましたが」

「ええ。先代頭領が鬼斬りに追い詰められ、逃げ出すために鬼の里にいる人間たちを囮《おとり》に使ったのです。助けを求めようにも、鬼の懐《ふところ》に一度入った者たちばかり。鬼の子を持つ女もおりました。人間側とて到底、受け入れられるものではなかったのでしょう」

伏し目がちに、遠羽子は淡々と続ける。

「戦場を逃げ惑う私たちを、御館様は頭領の命令に反して助けにきてくださいました。何日もさまよって死にかけたこんな婆《ばば》まで、里に運んでくださったのです」

ですが、ともう一度遠羽子は声をひそめた。

「鬼は鬼でございます。御館様が最初に食べた人間は、ご自身の母親だったとか」

「……ご自分の、お母様を……？」

「そうです。くれぐれも怒りを買わぬよう、お気をつけください。ここは鬼の世界。人は食べられてしまうものなのです。たとえどんなにあの方々が美しく、惹《ひ》かれてしまう存在であっても、人と鬼が住む鳴訣山の里はとうの昔に燃えてしまったのですから」

黙った冬霞の耳に遠く、空が鳴る音が聞こえた。見あげると、分厚かった雲がより一層重たさを増して、空を覆《おお》い始めている。

雷雪《らいせつ》の予感がした。


遠羽子の予想どおり、緋天は酒を一瓶持って帰ってきた。

再び緋天に抱きあげられ、この屋敷で一番広い座敷に運ばれた冬霞は、新しい綿帽子をかぶって夫婦固めの盃《さかずき》をかわした。

宴代わりの夕餉《ゆうげ》では、遠羽子の言うとおり、まったく人と変わらぬ献立《こんだて》が出てきたことにひそかに安心した。そこから湯浴みをすませて寝屋に入るまであっという間だった。

それまで緋天は無言だった。だんだん近づいてくる雷の音のほうが耳にする回数が多かったほどだ。やっと口を開いたと思っても、ひとことふたことで口を閉ざしてしまう。盃をかわす際に「のむな」とか――子どもだから盃に口をつけるだけでいいということだと冬霞は解釈した――そういうことだけ口にする。

ただ礼儀正しい性格ではあるようで、夕餉の前には手を合わせて「いただきます」と言ったし、「ごちそうさま」とも言った。

「おやすみ」

だから「おはよう」と「おやすみ」は言うのだろうと思ったら、やはり言った。

だがそれだけである。

緋天は大きな布団の隅で横になって、背を向けてしまった。

遠羽子から聞き出した情報によると、緋天は二十二歳らしい。いくら鬼だとはいえ、ひとつしか用意されていない布団の意味を知らない年齢ではないだろう。

それとも、鬼は作法《さほう》が違ったりするのか。

「初夜はどうするのですか」

しかたがないので、冬霞から口にした。

寝間着まで黒い緋天がびくりと背をふるわせ、横になったまま首だけこちらを向く。

「できないだろう」

「やれなくはないかと思います」

「その気にならない」

そう言って緋天は再び背を向けてしまった。

十二になったばかりの小娘と床《とこ》を共にする男性の回答としては至極《しごく》まっとう、好ましいとさえ思える返事だ。

だがとても、癪《しやく》に障《さわ》った。自然と次の問いかけも、低い声になる。

「では、どうしてわたしを嫁《とつ》がせたのですか」

「それを知る必要はない」

冬霞の歩み寄りを拒《こば》む答えだった。

ごろごろと、雷はまだ続いている。雪もやむ気配はなさそうだ。

無言で金火鉢《かなひばち》の炭を、火消し壺《つぼ》に入れた。そして置行灯《おきあんどん》の火をそっと吹き消すと、あっという間に寝床の空気はひんやりと、冷たく暗くなっていく。

暗闇に目が慣れた頃に、冬霞は動き出す。

この男が一瞥もくれなかった、帯に差したままの懐剣を鞘《さや》から抜いた。

両手でそれを握った冬霞は、横になっている緋天に振りかぶる。寝ているわけがないだろうと思っていた。かなうわけがないこともわかっていた。殺せるわけがない、傷ひとつ負わせられずに終わると、そう読んでいた。

それでも今、この瞬間だけは、殺気をこめた。

兄の首を落とした男だ、そう思えばなんのためらいもなく振り下ろせる。

けれどその喉元《のどもと》をさしだすように緋天がこちらに身を投げ出して、両眼を見開く。

かっと雷鳴と一緒に光が差しこんだときには、懐剣を振り下ろす手を止めていた。

「こんなことをしても無駄だ」

喉元に懐剣を突きつけられているのに、緋天は眉《まゆ》ひとつ動かさない。

侮《あなど》られているのだろう。もう一度懐剣を握り直す。

「仇討《あだう》ちがしたいか」

「いいえ。わたしがここにきたのは、あなたの妻になるためです」

本心だ。だが緋天は目を眇《すが》める。喉元に光る刃が何よりの答えだと言いたげだった。

「でも、だからこそ知らなければなりません。どうして兄さまが死んだのか」

「俺に首を落とされて死んだ」

他に答えなどない、そんな口ぶりだった。ごろごろと、また雷が鳴っている。

声が届くように、顔を近づけた。

「あの兄さまと戦って勝てるなんて、お強いのですね。なんでも毒を使ったという噂《うわさ》を聞きましたが」

「それは……そうだ。毒矢で射《い》られて、弱っていた」

「そこを討《う》ったというのですか」

「そうだ」

「兄さまとあなたは親友だったのに？」

雷が再び、光った。単調だった鬼の口調が、初めて変わった。

「……人間と俺が、親友だと？」

「兄さまは言っていました。もし自分の首を取る者がいるとしたら、その方は親友なのだと。兄さまは今まで一度も、わたしに嘘を言ったことはないのです。だから兄さまの首を落としたあなたは、兄さまの親友です」

「馬鹿げている」

「誰がなんと言おうが、わたしは兄さまを信じます。あなたは、兄さまの親友です」

緋天の顔は暗い影にのまれて、よく見えなかった。

だがどんな顔をしていようと冬霞には関係なかった。

「しあわせになれ、というのが兄さまの口癖《くちぐせ》でした。だからわたしは、兄さまの言いつけどおり、しあわせにならなければなりません。そうすることが、命をかけて戦ってくれた兄さまへの恩返しだからです」

それこそ、冬霞にとって、今後の人生の指針だった。

「だから聞きます。あなたはなぜこうするだろうわたしを、花嫁にしたのですか」

緋天は答えない。ただ、冬霞のことを見ている。

「わたしの降嫁《こうか》自体が、兄さまの死と関係があるのでは？」

懐剣の刃を喉に押し当てて、低く尋ねる。こうなることが望みだったのか、と問いかけるかわりに。

緋天は四肢《しし》を投げ出した格好のまましばらくじっとしていたが、ふと視線を動かした。

何をするのか、と思ったら、冬霞の髪先に触れた。

雷光にきらめく、白銀《しろがね》の髪。人の間でも鬼の間でも、異質なその色を、懐かしむようにさわる。

「……なんだっていい。俺がお前の仇であることに、違いはない」

繰り返された。やっぱりそれがいちばん、だいじなことみたいだった。

「答えになっていません」

「子どもには何も答えない」

冬霞は兄以外に、子ども扱いされるのが嫌いだ。そう言って冬霞をあやつろうとする輩《やから》に、散々櫻都でうんざりさせられたからである。

だから緋天のこの言い様は、さっきの「その気にならない」同様、非常に癪に障ったのだが、子ども扱いするなとわめくことこそ子どもっぽいとわかっていたので、あえてすまし顔で問い返す。

「では、その子どもを妻にした変態はどなたですか？」

むっと緋天が唇をへの字に結ぶ。今までていちばん、豊かな表情だった。

「……名目上の妻だ。何も望んだりしない」

「いまさら恥《は》じることはありません。十《とお》にもならぬうちに金を着込んだような変態爺《へんたいじじい》に嫁がされる娘がいることを考えれば、わたしはまだ運のいいほうです」

「運がいい？」

不思議そうに問い返されて、冬霞はうなずく。

「ええ。緋天さまは少なくともお顔は大変見目麗《みめうるわ》しいので、たとえ頭から食べられたとしても、変態爺よりいいかと」

「早霧皇子は、見目麗しい青年だと聞いている」

まさかここで早霧皇子の名前があがるとは思っていなかった。

「……今の話と早霧皇子と、どういう関係があるのです?」

「お前は早霧皇子と言い交わしていると――」

ざくりと頬《ほお》をかすめて枕を突き破った懐剣に、緋天が口を閉ざした。

やっと冬霞が怒っていることに気づいた、そういう顔だった。

「これからの夫婦生活にあたり、大切なことを言い忘れていました。わたしは子ども扱いされるのが嫌いです」

「……」

「わたしは椿ノ郷の、兄さまに対する人質《ひとじち》として、櫻都に連れていかれたのです。その意味もわからない子どもだと?」

兄の足かせになったことは、冬霞にとって何よりの屈辱《くつじょく》だった。ただ耐えるしかすべがなかった子どもの自分にも、怒りがわく。

「……確かに、鬼斬りの妹だな。言い回しがよく似ている」

ほんの少しだけ動揺《どうよう》した。それが隙《すき》になったのかもしれない。

気づいたら視界が反転して、敷布に手足を縫《ぬ》いつけられていた。懐剣が回転しながら畳《たたみ》の上をすべり、抜き身のまま簾《すだれ》の向こうで止まる。

「もう寝ろ。俺も寝る」

「……出ていかないのですか？　わたしはあなたに刃を向けたのに」

「お前に殺されるほどやわではない」

そういう言い方をされると、負けん気がまた首をもたげる。

「では、わたしを食べるのですか？」

「俺は人を食べられない」

「どうしてですか。人を食べられない鬼なんて、聞いたことがありません。それに、あなたはご自分の母親を食べたと聞いています」

「そうだ。母親を食べたきり、食べられなくなった」

淡々とした肯定に不安になって、冬霞は口を閉ざした。

自分は今、考えなしに、この鬼の傷をえぐったのではないだろうか。

「それに、さっきも言った。その気にならない」

「どういう意味ですか？」

「――わからなくていいから、もう寝ろ」

頭から分厚い綿の大布団をかぶせられた。

冬霞が布団から両手と顔だけ出したときには、緋天は夜着もかぶらず、冬霞の横で寝転んで背を向けていた。

丸くなったその背中をじっと見ていると、緋天が先手をうった。

「子どもではないなら寝てくれ」

むっとしたが、そのまま寝るのも何も言い返さないのも悔《くや》しいので、自分だけかぶっている大布団をひろげ、緋天の体にもかける。

「おやすみなさい」

「……」

「……さっきは、ひどいことを言わせて、ごめんなさい」

横で緋天が身じろぎしたのは伝わったが、無視して冬霞は目を閉じる。

人と鬼。和睦《わぼく》のための政略結婚。兄の首を落とした親友の鬼。

考えることは山のようにあった。

——いいかい、冬霞。

優しい兄の声が、記憶の底でこだまする。

——しあわせになるんだよ。そのために兄さまは戦っているのだから、間違えないでおくれ。

（……でも変な鬼なの、兄さま。わたしはうまくやっていけるでしょうか）

冬霞がなすべきことはたったひとつ。

しあわせになることである。

＊

「妹に好かれたければ、子どもだとあしらわないで、きちんとその言葉に耳をかたむけないといけない」

小川で顔を洗っていた緋天は、突然の話に眉《まゆ》をひそめた。

春先の、まだ肌寒い季節だった。だが戦場を駆け抜けたばかりの肌はほてっていて、冷たい水の流れが裸足《はだし》の足に心地よかった。

頭にまいたはちまきをとって川につけた雪疾は、緋天を見ないまま続ける。

「好奇心旺盛《おうせい》なうえ、利発な子だからね。甘い言葉でごまかそうとか、子どもだからと侮《あなど》ってくる相手をあの子は信頼しない。僕の足かせになるのが許せないんだろうな。十をすぎたばかりなのに、早くも難しい年頃になってしまった」

「……」

「早霧皇子と縁談をなんて話も出てるんだ。まあ早霧皇子も顔はいいんだが……あの調子で子ども扱いするなと立ち向かっていったらと思うと、僕は気が気じゃない。まだ恋をしたこともないのに、一人前の口を叩くんだ。子どもだから見逃されることも多々あるというのに、あれではずるい女にはなれないな」

「お前の妹なのに、相手に不自由するのか」

人間でこの男以上に強い存在を、緋天は知らない。

「人の社会は複雑でね」

はちまきをぱんと音を立てて鳴らし、水気をとった雪疾は曖昧《あいまい》に微笑《ほほえ》む。

「だがそこによさもある。愛だとか理にかなわぬことに心を惑わされてこそ人だよ」

「面倒そうだな」

「何を言う。鬼だって、力ばかりではないだろう。弱い者を守るじゃないか、君は。それがたとえ人であっても」

「……俺は、戦《いくさ》を見たくないだけだ」

ざぶざぶと音をたてて小川からあがると、血のにおいがした。

雪疾も絞《しぼ》っただけのはちまきを頭にまく。

「戦が終われば、君も僕の妹と会うことがあるだろう。そのときはくれぐれも子ども扱いしないように。嫌われてしまうからね」

「子どもは子どもだ」

「だからそういうのはだめだ。せめて女性として扱ってくれ。特に君は言葉が足りなさすぎる。誤解のもとだ」

緋天はひそかに内心で嘆息《たんそく》する。妹がいるからなのか、雪疾は小言《こごと》が始まると長いうえにうるさい。しかもこちらの話を聞いているようで聞いていない。

だからさっさと話を打ち切るに限る。そうのんびり話していられる状況でもない。

「会うことがあればな」

「それはそうだな。じゃあ、戦を終わらせにいこう」

そして会ったときは、妹に礼儀正しく振る舞ってくれ。

最後までそう念を押された。

(どう見たってまだ子どもじゃないか)

あれからすでに一年たっているが、綿帽子の下に見えた娘の顔はまだ幼くて、小柄な体は食べているのか心配になるほど軽かった。白無垢《しろむく》をまとっていても、とても嫁だなんて思えない。

それに、兄の首を落とした男に嫁だと思われても困るだろう。

そう思っていたのだが。

(まさか雪疾が俺のことを親友だなどと教えていたとは……)

最後までわからない男だった。そう、本当に最後まで、どうして――

「おはようございます、緋天さま」

布団がめくりあげられた。

冬の冷えた空気が肌をさす。思わず身をすくめたあと、うっすらと瞳を開いた。

寝ぼけ眼《まなこ》に映ったのは、昨日ここまで抱えてきた娘だった。

もう重たそうな白無垢姿ではない。くすんだ樺茶色《かばちゃ》に細い縞《しま》模様の着物の袖《そで》にたすきをかけ、手ぬぐいを姉《あね》さんかぶりにしている。

そしてなぜか、鉄鍋《てつなべ》とおたまを持っていた。

状況がわからずじっとしていると、冬霞がおたまで鍋の底を叩き出した。それで鉄鍋とおたまの役割がわかった。目覚ましがわりだ。

「……起きている。おはよう」

自己申告すると、冬霞は目をまたたいて鍋を鳴らすのをやめた。

「おはようございます。緋天さまは寝起きが悪いと遠羽子さんがおっしゃっていたので、つい……失礼しました」

「寝起きが悪いわけではない。寒いのが苦手なだけだ」

冬霞は何か言いたげに目を細めたが、すぐにてきぱきと動き出した。

「朝餉《あさげ》の準備ができました。小松菜のお味噌汁と、たくあん。昨夜の残りで、鯛《たい》のお刺身もあるそうです。お米も炊《た》けています」

「まさか君が作ったのか？」

「いいえ、遠羽子さんを手伝っただけです。まだどこに何があるかわかりませんし、今朝は出遅れてしまいました。ですが明日はおくれはとりません」

まるで厨房《ちゅうぼう》を戦場か何かのように言う。

「とにかく支度《したく》を。本日のお召し物はこちらです」

「……なんのまねだ？」

「なんのまねって。わたしはあなたの妻ですが」

やっと起き上がった緋天に、冬霞が黒色の着物と帯をおしつけてきた。

戸惑いつつ、緋天は繰り返す。

「……名目上と、言ったはずだ」

「それは緋天さまの事情ですね。わたしにはわたしの事情があります」

「事情？」

「わたしは、しあわせにならねばならないのです」

そういえばそんなことを言っていた。

まだぼんやりしている緋天の前に、冬霞が正座する。

「そのためには、兄さまの死を解明せねばなりません。緋天さまは兄さまの親友です。なら、兄さまの死を望んでいなかったはずです。にもかかわらず、なぜ兄さまの首を落とさなければならない状況になってしまったのかわからないままでは、納得できません」

いきなり目がさめた。

（この娘、本当に俺が雪疾の親友だと疑っていないのか）

状況からどう考えても緋天は親友ではなく、仇《かたき》だ。緋天も認めているというのに、どうして兄の死の解明なんて言い出すのかわからない。

「ですが、いちばん真相に近い緋天さまが協力してくれそうにありません」

「協力する必要がないからだ」

真相などない、と言おうとした緋天に、冬霞が鋭く言葉をかぶせた。

「櫻都では、兄は毒を盛られたと聞きました。緋天さまは昨夜、毒矢で射《い》ったと言っておられました。どうして違いが出るのでしょうか」

感情は表に出ないたちだ。だが、嘘やごまかしがうまいわけではない。だから緋天は息を吞《の》んでしまいそうになり、それをごまかすために、あわてて口を動かす。

「ただの言い間違いだ」

「違います、緋天さまが嘘をついているからです。あなたと兄さまは三日三晩一騎打ちをして決着をつけたと言われています。あなたはご自分の名誉を守るためにも、毒など知らないと答えるべきでした。なのに毒について知っているふりをしたから矛盾《むじゅん》したのです」

「嘘をついてなどいない。本当に、雪疾は毒に冒されていた」

「鬼斬《おにぎ》りではなく、雪疾。兄さまを呼び捨てにするのは、人間でも珍しいですよ」

ああ言えばこう言う娘だ。頭を抱えたくなる。

「そこまで言われるということは、兄さまが毒に冒されていたのは本当なのでしょう。ただ、緋天さまがしたことではないから、わからない。つまり兄さまに毒を使った他の誰かがいるということです」

「……そんな者は、いない」

「では、あなたに首を落とされる前、兄さまに何があったのですか」

そんなこと――自分が、知りたい。

咄嗟《とっさ》に答えが出せなかったことで、冬霞は確信してしまったようだった。自分自身に舌打ちしたい気分で、緋天は苦くつけたす。

「君に答えるつもりはない」

「わかっています。わたしを信頼してらっしゃらない――妻だと認めていないからですよね。ところで緋天さま。わたしのしあわせはなんだと思われますか」

「鬼と離縁して、椿ノ郷に帰ることだ」

これ以上なく明快な答えを出したつもりなのだが、冬霞に目を丸くされてしまった。

緋天は首をかしげてしまう。

「まさか、違うのか？」

「違います」

「ではなんだ」

ただでさえこれ以上ない不幸な境遇だ。ここでも叶うものならば叶えてやりたいと思った。それで、雪疾が浮かばれるとは思っていないが。

「素敵な恋をすることです。その相手が夫なら、これ以上ない幸福だと考えています」

そうか、なるほど年頃の娘らしい願いだ、と思って数秒考えた。

この場合、夫というのは誰だ。

「そういうことです。おわかりになりましたか？」

「……。ちょっと待て、わからない」

「あなたがわたしを好いてくだされば、完璧《かんぺき》です」

何を求められているかわかって、緋天はしばし絶句した。申し訳ないが、冬霞の正気を疑いたくなった。

「兄さまのことも、信頼できる妻にであれば隠し立てせず、本当のことを教えてくださるでしょう。つまり、一石二鳥です」

「本当のことなど――」

「とにかく朝餉にしましょう。人を食べられないなら、お米やお魚や肉を食べて元気を出せばいいのです」

なんだかとんでもない誤解もまざっている気がする。

呆然《ぼうぜん》とする緋天の前で、冬霞は三つ指をつき、頭をさげた。

「では改めまして、ふつつか者ですが、よろしくお願い致します」

(雪疾はいったい、妹にどんな教育をしてきたんだ?)

たいそう緋天は困惑していたのだが、あいにく眉《まゆ》ひとつ動かなかったので、その気持ちが新妻に伝わることはなさそうだった。

第二話

鬼は外、嫁は内

鬼と人の生活に大した違いはなかった。

朝起きて顔を洗い、夜は布団で眠る。食べ物にも好き嫌いがあり、食材も料理も味つけも人のそれと変わらない。

いくら「生気をすする」と説明されても、鬼が人を食べる以上、日常的に里で人の解体された肉が売られていたり、食事に人肉がまざる可能性だってある。緋天《ひてん》が食べられないとはいっても、鬼の習慣とは別だろう。いくら郷《ごう》に入《い》っては郷に従えといえど、どこまで耐えられるか自信がなかったので、今のところは目にする生活が人と変わらないことに、冬霞《とうか》は心底ほっとしていた。

「奥様は料理も針仕事もおできになるのですね。ひょっとして、苦労なさったのですか」

「苦労、というほどのことではありません。椿ノ郷《つばきのごう》は貧しい郷でしたから」

囲炉裏《いろり》にかけた鍋《なべ》の様子を気にしつつ、冬霞はせっせと手を動かす。今縫《ぬ》っているのは台所で使う前掛けだ。仕立て直しもいくつかしておきたい。

「ですが、櫻都《おうと》では椿ノ郷の姫としておすごしだったのでは？」

「わたしが櫻都にいたのは、椿ノ郷と兄さまへの牽制《けんせい》です。要は人質《ひとじち》ですので、最低限の生活が保障されていただけでした。いたのも座敷牢《ざしきろう》です」

櫻都の貴族が気にしていたのは、自分たちに戦《いくさ》が降りかからないことだけだった。

「建物が頑丈なだけ雨風もしのげましたし、ずいぶんましな生活でした。ですので反物《たんもの》をいただくことがあっても、郷の者と分けて使っていたんです。そのときに縫い物も教えてもらいました。米も野菜も、同じことです」

「……それを苦労したと言うのでございますよ」

「自分のことを自分でできるようになることを、苦労とは言わないでしょう。苦労しているのは、鬼と戦っていた郷のほうです。わたしは殺される危険だけはありませんでしたから……それに、どこも住めば都といいます」

最後の一刺しを終え、糸を結んで小さな鋏《はさみ》で切る。腰を浮かせた遠羽子《とわこ》が、囲炉裏にかけた鍋の中身を、ゆっくりとかきまぜた。

「鬼の里でも住めば都と、奥様はおっしゃいますか」

「遠羽子さんは、どうなのですか」

「……自分がいっとうしあわせになれる居場所を見つけるには、あまりに人の時間は短いのだなと、この年になって思っております。居場所を見つけるとはすなわち、今の居場所を捨てることでございますから」

「そういえば……そもそも鬼との戦が始まったのも、里が焼けたからですね」

鳴訣山《なきわかれやま》の里。そう呼ばれていた場所についての顚末《てんまつ》は、幼い冬霞でも知っていた。

鳴訣山は椿ノ郷の領土だが、一部逢枝山《おうえだやま》に接している。しかも慟哭石《どうこくせき》が採れるとはいえ鉱山だ。人が住むには少々難しい。だが、鬼もあまり近寄りたがらない。そういった条件が重なり、唯一と言われた鬼と人が住む里があった。愛し合うがゆえに鬼からも人からも許されない者たちが作り、行き着く集落。人からも鬼からも存在しない隠れ里として扱われることで、ずっと存在し続けていたと聞いている。

だがもう燃え落ちた里だ。人間がやったのか鬼がやったのかはわからない。互いに人間が燃やした、いや鬼が燃やしたと不信感を強め、対立が決定的になった。

あの里と一緒に、人と鬼が互いの存在を許せる可能性も燃えたのだ。

「……ひょっとして、緋天さまは椿ノ郷を鳴訣山の里のかわりにしたいとお考えなのでしょうか？」

「どうでございましょう。御館様《おやかたさま》は、鳴訣山の里の生き残りだと聞いておりますが」

驚いた冬霞は、顔をあげる。囲炉裏を挟んで遠羽子は淡々と縫い物を続けていた。

「そういう難しい話はこの婆《ばば》にはわかりません。いっそ、御館様にお尋ねしてみてはいかがでしょうか」

「……聞いても、答えてくださるかどうか」

「奥様が御館様を質問責めになさるからですよ」

おかしそうに遠羽子は忍び笑いをして、立ちあがった。

「昼餉《ひるげ》の用意を致しましょう。安く魚が手に入りましたので、焼いて参ります」

「でしたらわたしが」

「そうなんでも奥様にやられてしまうと、婆の仕事がなくなってしまいます。それに、もうそろそろ御館様が帰ってくるお時間ですよ。鍋も囲炉裏にかけたままにしておきますので、奥様はここで御館様の出迎えをしてくださいませ」

眉がよったが、遠羽子は食えない笑顔で失礼しますと頭をさげて出ていってしまう。

しかたなく終わった縫い物の片づけをしていると、遠羽子の言ったとおり、勝手口のほうから音がした。

嫁《とつ》いできてまだ十日もたっていないが、その間、この屋敷に出入りしたのは遠羽子と緋天だけだった。煉華《れんか》も姿を見せないし、他の来客もない。

鬼の頭領《とうりょう》の屋敷なのだから、さぞかし鬼がわらわら出入りするのだろうと覚悟していた冬霞からすれば、なんとも拍子抜けする話だった。緋天に角《つの》さえ生えていなければ、どこか人里離れた武家に嫁いだのではないかと錯覚《さっかく》しそうだ。

「ただいま」

挨拶《あいさつ》だけは欠かさない緋天が、囲炉裏の間の引き戸を開けた。

今日も黒の着物を着て、左手に風呂敷を抱えている。

「おかえりなさいませ。今、昼餉の準備を遠羽子さんがしてくださってます」

「わかった」

「朝からどちらへ行っておられたのですか？」

「外だ」

ここでくじけてはならないと、冬霞は言葉を重ねる。

「外へ、何をなさりに」

「買い物だ」

聞けば答えが返ってくるとはいえ、本当に必要最低限しか答えない鬼である。

遠羽子は冬霞が質問責めにするからと言うが、質問責めにしないとわからない緋天の答え方にも問題があると思う。

嘆息《たんそく》をこらえて、冬霞はさらに会話を続ける努力をする。

「わたしもご一緒したかったです」

「それはだめだと言っている」

緋天は基本、屋敷で冬霞の好きにすごさせてくれていた。あれをしろこれをしろと命じられたこともない。

だがひとつ、厳命したことがある。この屋敷から一歩たりとも外へ出ないことだ。

春にある櫻都の会合は人間側への手前もあり、つれていってもらえるようだが、それ以外は一切認めないという。

「……。なぜ、わたしは屋敷の外へ出てはいけないのですか」

数度目になる問いを、あえて投げかける。緋天は同じ問答を繰り返していることに気づいているのかいないのか、やはり同じ答えを返した。

「だめだからだ」

「いくら冬だといっても、家に閉じこめられたままでは息がつまります」

「それでもだめだ」

だめの一点張りで終わった会話に、冬霞は内心で嘆息する。

緋天が苛立《いらだ》つことすらなく、同じ会話を何度も繰り返せる性格なのが厄介《やっかい》だった。人だろうと鬼だろうと、怒ったり焦ったり、何かしら感情的になったときに口をすべらせるものである。だが、緋天は相変わらず何を考えているのかわからない目で、同じ言葉をひたすら繰り返すのだ。まったくつけいる隙《すき》がない。

冬霞は「あなたを好きになりたい」と告白したも同然の立場なのだが、それを意識しているそぶりもない。

（これでは本当に名目上の妻、お飾りのままになってしまう）

このまま同じ会話が続くのはいただけない。

眉間《みけん》にしわをよせて突破口を思案していると、緋天が目の前で腰を落とした。

なにやら、がさごそと風呂敷をさぐっている。

「緋天さ――」

開いた口に、何か放りこまれた。冬霞は、舌でそれを転がしてからきょとんとする。

（苺味《いちごあじ》の、飴《あめ》？）

「うまいか？」

こくりとうなずくと緋天は冬霞のかたわらに、飴を包んでいる懐紙を置いた。

「我慢してくれ」

そう言って、緋天はさっさと開けっぱなしの引き戸から出ていってしまった。

ころころと口の中で飴玉を転がしながら、冬霞は困ってしまう。

おそらくだが、緋天が屋敷を出るなと厳命するのは、冬霞のためなのだ。

輿《こし》が襲われたことから察するに、冬霞の降嫁《こうか》も含め人間とのあれこれに関して、鬼も一枚岩ではない。冬霞がまた襲われないよう、屋敷の中に閉じこめているのだろう。

邪魔者扱いの軟禁なら、どんなに危険だろうが屋敷をひとりで抜け出す。だが、緋天は寒いのが苦手なくせに冬霞に布団をゆずったり、飴玉を買って気遣ってみたりする。

この優しさに気づいていて刃向かうのは、たとえ鬼であっても、夫に対する裏切りであり、不誠実だ。

(――時間が多少かかっても、他の手を考えるしかない)

中腰で、囲炉裏《いろり》の鍋《なべ》の中を確認する。

米のとぎ汁で煮た輪切り大根は均等に火が通ったらしく、透きとおりはじめていた。

(とにかく何か情報を集めなければ。なんでもいいから、きっかけを……まずは緋天さまのことを知らねば、交渉もできない)

たとえば緋天は風呂《ふろ》吹き大根を味噌と醤油《しょうゆ》、どちらで食べるのか。

冬霞は妻なのに、そんなこともまだ知らないのだ。

何もしなくても、緋天は夜、きちんと冬霞と同じ布団で眠る。夫婦の義務か何かだと思っているのだろう。

形だけでまったく中身のないその行動に関しては今は問題にすまい、と思った。形式というのはどんなに馬鹿げたものであっても大事にすべきである。

初日こそ挑発したが、襲いかかられても頭から食べられても困るのは冬霞だ。血をすすられるのも正直、おっかない。

だから今日も今日とて寝所に入ってきた緋天を、冬霞は正座で出迎えるなり言った。

「お話をしましょう、緋天さま」

「毎日している」

なぜか不思議そうな顔をしている。

まさか、あれで精一杯会話する努力をしているのかと先行きに不安を覚えつつ、冬霞はこれまでと違う条件を提示した。

「議題を決めて、話をしたいのです」

「議題……」

「そうです。緋天さまが言葉が足りないことも、はっきりいって会話が下手《へた》なことも、ここ数日でよくわかりましたので」

「下手……？」

眉《まゆ》をひそめられた。自覚がないらしい。あえてつっこまずに、冬霞はそうですすと無情に返した。

「ですから、何か議題があれば会話もはずむかもしれません。もちろん、答えたくないことは答えなくてもかまいません。大事なのはお互いを知ることです。それにどうせ、緋天さまはわたしの知りたいことは答えてくださらないでしょう。兄さまのことも、屋敷の外へ出てはいけない理由も」

「……」

「ですので、単なる他愛《たわい》のない、会話をめざします。たとえば今日の風呂吹き大根は味噌と醤油、どちらがよかったのかとか」

「味噌だ」

答えがわかったのはいいが、冬霞が言いたいのはそういうことではない。

「とにかく、今のように会話をしましょう」

「なぜだ？」

「退屈でたまらないからです」

本音も大いにまざっていたので間髪《かんはつ》をいれずに答えた。

「ではよろしいですか」

なんと言われようと押し通すつもりだったが、緋天は少し考えこんだあとでうなずき、畳《たたみ》に腰を落としてあぐらをかいた。

「君の気がそれですむのなら」

そういう、不意打ちでの気遣いをやめてほしい。ほだされそうになる心の柔《やわ》らかい部分をあえて押し潰して、冬霞は背筋を伸ばす。

「では、本日の議題は、鬼の経済について、でどうでしょう」

「経済……」

緋天がものすごい顔で反復する。冬霞はうなずき返した。

「……それは、他愛のない会話になるのか？」

「他愛ないことでしょう。たとえば、鬼独自の貨幣《かへい》はあるのですか？」

「……」

「ちなみに子どもらしくない、などと口にしたら何がなんでも屋敷から逃げ出します」

本気でそう凄《すご》むと、緋天は諦めたように口を開く。

「鬼独自の貨幣はない」

「人の国と——櫻斗国《おうとのくに》と同じ通貨を使っているのですか?」

「そうだ」

「人のものを逆輸入したのですか?　それとも、どこかで同じように通貨を作っているのですか。それは頭領の緋天さまが管理をなさっているのですか。それとも各里……各一族の長《おさ》が合同で?」

ちょっと緋天は考えこんだ。

「そういうことは黄一族《きいちぞく》にまかせている。金や銀が出る鉱山は別にあるが、あそこは計算だとか、そういうことが得意な鬼が多いから」

戦時はともかく、平時の今はきちんと頭領が管理しなければ、黄一族のやりたい放題になるのではないか。冬霞は眉を動かしたが口にはしなかった。問題を提案できるほど、鬼の生活や習慣を知らない。

「では、鬼もあまり人と変わらない生活をしているのですか?　市が開かれていたり戦功を立てたら報奨金《ほうしょうきん》がもらえたり……」

「それは、人の生活をしたことがないからわからないな」

「なるほど」

思わず納得してしまった。人との違いは、やはり冬霞自身が確かめるしかないようだ。

「……椿ノ郷に関しては今、郷の者にまかせている。心配せずに寝ろ」

そう言って緋天が金火鉢《かなひばち》に目をやる。炭を片づけようとしているのだ、と気づいて冬霞は眉をひそめた。

「まだ話は終わっておりません」

「心配事は片づいただろう」

「もちろん椿ノ郷のことをおうかがいできて安心はできました。ですが、それだけを聞きたかったわけではないので」

「そうなのか？」

大真面目《おおまじめ》に聞き返されたので、大真面目にうなずき返した。

「そうなのです。金銭の管理を黄一族がしているとして、物資や食糧はどうしているのですか？　こちらは各一族で管理を？」

「そう──だが。基本は自給自足に近い」

「では、金銭はどこで使うのです？　生活の基本が自給自足でたりるのであれば、物々交換でことたりることも多いはずです。どのように金銭が流通しているのですか？　もちろん現実に流通しているのは理解しています。緋天さまも遠羽子さんも市場でお買い物をしてらっしゃいますし。それに、わたしの結納金も反物《たんもの》や米や野菜のほかに、小判もあったと聞きました」

「……」

「たとえば鬼も家族単位で暮らすとして、父親がその日の食事をとってくるとするでしょう。魚をとってくるのが得意として、野菜を作るのが得意な家族と交換すれば……あ、そうです。そもそも鬼は畑を耕したり漁をしたりするのですか？　なんだか、想像できないのですが」

「…………」

「さきほどの黄一族のお話や、市があるということから察するに、商人のような鬼もいるんですよね。それに、屋敷があるということは建築技術はあるということですし、鬼は力がすべてと聞いていましたが、実はそればかりでもないのでは」

「冬霞」

名前を呼ばれてびっくりして、思考整理もかねて動いていた口が止まる。

顔をあげると、緋天はものすごく真剣な面持《おもも》ちをしていた。

「答えなければだめか」

「はい」

「……」

「わたしが屋敷の外に出れば一目で理解できることもあるでしょうが、緋天さまがわたしに出るなとおっしゃるんでしょう？　でしたら責任をとっていただかないと」

心の底からそう思っているので、真顔でそう返す。

緋天は片膝を立てて額を押し当て、この世の終わりが始まったような長い息を吐き出した。


「……ねえ、なんなのよ、これは」

雪がやんだ昼下がり「入るわよ」のひとことだけで屋敷にあがりこんだ煉華は、戸を開くなり頰《ほお》を引きつらせた。

「何してんのよ、緋天」

「……地図を書いている」

「申し訳ありません。今、片づけます」

板敷きがあふれる紙で足の踏み場もなくなっていることに気づいた冬霞は、硯《すずり》で墨《すみ》をすっていた手を止める。煉華は眉をひそめたまま、鷹揚《おうよう》にうなずいた。

「そうして。……これ、里の地図？」

煉華が足元にある一枚を綺麗《きれい》な紅を塗った爪でつまみあげる。はい、と答えながら冬霞は書き終えている紙を何枚か重ねてまとめる。

「この里にどんなものがあるのか知りたくて、毎晩緋天さまに色々教えていただいていたのですが、やはり書いていただいたほうが早いと思って……市の店の並びとか……」

「ああ、確かに銭湯の横の前、太鼓橋《たいこばし》をはさんで階段をあがったところに甘味処《かんみどころ》があるわね……あんたが書いたの？」

「は、はい。でも、緋天さまに教えていただいたり、書いていただいたものを清書しただけですから」

「なに謙遜《けんそん》してんの。うまいじゃない、これ」

冬霞は緋天を気にしながら、曖昧《あいまい》に微笑《ほほえ》む。

何せ緋天は悪筆で、字は読めたものではないから——人と同じ字を鬼も使っており識字《しきじ》率《りつ》もあるのだ、というのは新たな発見だった——などと言えるわけがない。

冬霞が提案した夜の議論、もとい緋天への質問責めは欠かさず続いていた。その流れで書いてもらったのだが、字だけではなく絵もなんとも微妙な遠近法や筆のゆがみで、まったく距離感がつかめず、緋天が書いた地図は謎の図画になっていた。

しかし冬霞に請《こ》われてそれを書きあげた緋天は、珍しく満足そうな表情をしていた。ねだった手前もあり、つい「読めません」と言いそびれた冬霞は、清書と称して自分なりにまとめてよしとするつもりだったのだが。

「……俺は下手じゃない」

ついさっき、遠羽子とふたり頭をひねって緋天の書いたものを解読しているのを見られてしまい、緋天は何やら勘づいてしまったらしい。

冬霞の質問責めにはやや疲労している様子だったのに、自ら囲炉裏の前に座り、「昨夜の続きを書く」と言い出したのだ。

「へえ、それで緋天も書いてるのね。あ、そっちも緋天が書いたもの？」

「煉華様もおいでででございましたか。ちょうどようございました。お茶とおやつの時間でございますよ」

盆を持った遠羽子が廊下《ろうか》のほうから顔を出した。煉華の意識がそれたのを見て、冬霞はほっとする。

緋天は鬼の頭領だ。それらしいところをまだ冬霞は見たことはないが、その立場に傷をつけるようなことを、余所様《よそさま》に知られるのはできるだけさけたい。文字が読めること、書けることはもちろん、字が堪能《たんのう》なことは、少なくとも人の間では教養がある証《あかし》だ。

（鬼はどうなのかまだ確認していませんが……でも、煉華さまはご存じかも）

ささっと片づけて、申し訳ないが緋天からも書きかけの紙を取りあげた。むっと緋天が目をあげる。

「まだ書きかけだ」

「せっかく遠羽子さんがきなこ団子を作ってくださったのに、固くなってしまいます。またあとにしましょう。せっかくですし、まとめて紙を囲炉裏《いろり》で乾かしておきます」

何か言いたげにしていたが、緋天は筆を置き、用意しておいた手桶《ておけ》のぬるま湯に手をつけて、墨を落とし始めた。

煉華はそんなに興味があるわけでもなかったのか、きなこをまぶして竹串にさしてある団子に夢中になっている。

「それで煉華様。こちらにおいでになるなんて、どうされたのでしょうか」

お茶を淹《い》れながら、遠羽子が先に尋ねた。湯飲みに口をつけたあとで、煉華が思い出したように言う。

「緋天に色々、大事な話があってきたのよ」

布巾で手を拭き終えた緋天が振り向く。煉華は唇についたきなこをぺろりと舐《な》めた。

「悪いけど席、はずしてくれる」

団子がなくなった竹串で、遠羽子、次に冬霞を示された。冬霞が返事をする前に、緋天が立ちあがる。

「なら俺の部屋で話を聞く」

「ああ、それでもいいわよ。もう一本、お団子もらってくわね」

「――お茶をお部屋にお持ちします。お団子も」

声と腰をあげた冬霞の前を、緋天が横切る。

「必要ない」

それだけ答えて、緋天は濡《ぬ》れ縁《えん》へと出る。竹串をつまんだ煉華が、意味ありげにこちらを見て笑う。

「ごめんなさい、人間には聞かせられなくって」

「……お話に時間はかかりますか？　よろしければ夕餉《ゆうげ》をご用意します」

「そぉねぇ、お願いするわ。ああ、わたしはお茶も持っていくから」

湯飲みも手にとり立ちあがった煉華は、緋天を追いかけようとして、ふと足をとめた。

「安心したわ。理解のある奥様で」

冬霞の返事を待たず、煉華は紅梅の華やかな広袖《ひろそで》の裾《すそ》をひるがえし、広縁から離れに向かって歩いていく。

「奥様」

そっと遠羽子が、お茶を横から差し出してくれた。

「鬼には鬼の話があるのでしょう。人とは相容《あいい》れぬことでございます」

「――そうですね」

気遣いをありがたく思いながら、冬霞は竹串の刺さった団子をひとつとり、食べた。ほどよい固さで、甘みもある。今が食べ頃だった。ここ数日でわかっていたことだが、遠羽子は料理がうまい。

「とてもおいしいお団子です」

「それはよろしゅうございました」

「これは緋天さまにも食べていただかないといけません」

緋天の飲みかけの湯飲みと団子がのっている皿をそのまま盆に置き、目を丸くしている遠羽子を置いて、冬霞は立ちあがった。

緋天の部屋は、冬霞に用意された部屋と真逆の離れにある。緋天自身あまり足を踏み入れていないようで物らしい物もなく、寒さがいっそう増す場所だ。

お茶と団子ののったお盆を持って、母屋《おもや》から離れに続く渡り廊下に出て、ふと庭が目に入った。晴れているが、まだ少しだけ、嫁《とつ》いできたときに降り積もった雪が残っている。

お茶が冷めるのは早い。団子も時間がたてばたつほど固くなると、早足で冬霞は緋天の部屋に向かう。

だができるだけ、足音はひそめた。

(人間には聞かせられない話)

冬霞の心を何よりゆさぶったのはそこだ。

話し声らしきものが聞こえてきた。ことさらゆっくり歩いて、耳をすます。

煉華の高めの声は、引き戸越しでも聞き取りやすい。

「――……からって、緋天の命令を破るつもりみたいよ。いくら人を食べられないとか頭領の証を持ってないとか色々屁理屈《へりくつ》つけたって、鬼の中で一番強いのは緋天だっていうのに、まったく」

「……」

「で、蒼一族《そういちぞく》のあのいけすかない青牙《せいが》が捜索隊を椿ノ郷に出したらしいわ。どうも何か情報をつかんだみたいだけど、人間に勘付かれたらどうするつもり――」

「何をしている、冬霞」

そうっと引き戸に耳をあてる前に、中から名前を呼ばれた。一瞬びくりとしたが、腹をくくって冬霞は廊下に両膝をついて、声をかける。

「お茶とお団子をお持ちしました」

がらり、と引き戸をあけたのは呆《あき》れた顔をした煉華だった。

「いらないって言われたでしょう」

「くるなとは言われませんでした。そうですよね、緋天さま」

立ちはだかる煉華の隙間《すきま》から見える緋天に確認する。緋天は嘆息《たんそく》と一緒に、首肯した。

「……そうだな」

「子どもの屁理屈じゃないの。さがりなさい。私は緋天と大事な話をしているの」

「いや、いい。話はわかった」

緋天が立ちあがり、煉華が振り向いた。

「わかったって、緋天。どうするのよ」

「出かける。三日ほどで戻る」

今度はそう言って緋天が部屋から出てくる。驚いた冬霞は慌ててお盆を持ち直し、そのあとを追った。

「出かけるって、椿ノ郷にですか?」

「気にしなくていい。さがし物をするだけだ」

「鬼喰《おにぐい》、という物をさがすのですか？」

ぴたりと緋天が廊下で足を止め、振り返り――冬霞を見おろした。

「どこで聞いた」

抑揚《よくよう》のない声だった。

詰問されている気分になり、冬霞は声を少しだけひそめる。

「……輿《こし》が襲われたときに。青鬼が、鬼喰も持っていない若造を、と緋天さまのことを嘲《あざけ》っていました」

「……」

「緋天さまが鬼の頭領として認められるためには、それを持っていることが必要なのですね。だから蒼一族は緋天さまに従わない？　確か、前の頭領は青鬼だと兄から聞いたことがあります。でしたら」

「君は賢《さか》しすぎる」

頭の中で組み立てて喋《しゃべ》っていた冬霞は、緋天の冷たい声に口をつぐんだ。

追いかけてきたらしい煉華が足を止めて、こちらをうかがっている。

ゆっくりと渡り廊下で緋天が冬霞に向き直った。無表情で、だからこそ身がすくむような鬼の顔だった。

「二度と鬼喰という名を口にするな」

喉元《のどもと》に懐剣を突きつけたときよりも、厳しい口調だった。

にじみ出る緋天の怒気にあとずさりかけたが、煉華の視線に気づいてこらえる。

だが、びゅうっと渡り廊下に吹きこんだ風に、くしゅんと小さくくしゃみが出た。

「……」

「……」

「お、お話の最中にすみません。ですが――緋天さま！」

緋天が無言で冬霞の体を抱きあげた。盆をひっくり返しそうになるのを押しとどめ、冬霞は慌てる。

「あ、あの、先ほどのお話ですが、わたしはお手伝いをしたいだけで――」

冬霞が会話を続けようとしても、緋天は一瞥《いちべつ》もしない。大きな歩幅で、すぐに囲炉裏のある部屋に戻ってしまう。

「遠羽子。冬霞に寝床の支度《したく》を」

苛立《いらだ》ちを隠さない声で、緋天が言った。

「は、はい。奥様がどうされましたか」

「風邪《かぜ》をひかせるな」

「わ、わたしは大丈夫です。少し寒かっただけで」

緋天は本当に怒っているらしく、無視された。

だが、囲炉裏のそばにそっと冬霞をおろす動作は優しい。

「俺は三日ほど留守にする。あとを頼む」

「緋天さま、外出されるならせめて羽織《はおり》をお持ちください」

冬霞を無視して出ていこうとしていた緋天が、わずかに振り向いた。

その視界に自分が入っていることをしっかり確かめて、冬霞は頭をさげる。

「いってらっしゃいませ。お帰りをお待ちしております」

「……。屋敷の外には出るな」

最後に苦々しく言い置いて、緋天は荒々しい歩調で出ていく。

脅《おび》えたそぶりは見せまいと気を張っていた冬霞は、思わずほっと息を吐き出してしまった。遠羽子も胸に手を当てて、長く息を吐き出している。

「あんた、よく逃げ出さなかったわね。怖くなかったの？」

ひょいっと煉華が広縁から顔をのぞかせた。複雑な気持ちで冬霞は正直に答える。

「怖かったですが……兄と怒り方が似ていたので、耐性がありました」

「……ああ……あんたの兄、鬼斬《おにぎ》りだしね」

「兄さまと同じで、わたしのために怒ってくださったんだと思います。それだけはわかっていたので、なんとか」

　ひょっとして食べられるかもと思うくらいには怖かったが、逃げ出さずにすんだ。

　引き戸にしなだれかかっていた煉華は、狐のように目を細めた。

「ふぅん。……そう」

「お見苦しいところをお見せしてしまい、申し訳ございません」

「ねえあんた、地図なんて書いてるってことは、外に出たいんでしょ。私が出してあげようか」

　頭をさげようとしていた冬霞は、きょとんと煉華を見あげた。煉華はためすように微笑《ほほえ》むだけで、何を考えているのかまでわからなかった。

　遠羽子が困ったように口を挟む。

「おやめください。さきほど御館様のお怒りを買ったばかりなのに、さらにお言いつけを破ったとなればどうなるか」

「緋天は男だからわかってないのよ。いくら広い屋敷だっていっても、こんな誰もいない屋敷でそんな質素な着物を着て、働いて。息がつまるわよ。奥様っていうより女中《じょちゅう》じゃないの、その子」

煉華の口調に嘲《あざけ》りは感じない。悪意はなく、ただ思っていることを口にしているだけのようだ。

「まず市に行きましょ。緋天は頭領だもの。お代は全部ツケにできるし。もし緋天が怒ったら、私があとで取りなしてあげる。そうね、今から出発すれば――」

「それはできません。緋天さまに屋敷を出ないよう、言われていますので」

「いいじゃないの、当の緋天が今、いないんだから。まずばれないわよ」

「ばれなくても、わたしがよくありません」

煉華がわかりやすく口をへの字に曲げた。

顔の造作がとても美しい分、そういう顔をすると子どもっぽい。

「そう。ならいいわ、好きにしたら」

煉華がぷいっとそっぽを向いて、廊下《ろうか》から庭に出て。驚くような跳躍力で屋敷を囲う塀《へい》を飛び越えていってしまった。どうもすねてしまったようだ。

（今度いらしたら、おわびに何か好きなおやつでもお出ししよう）

とはいえ煉華の好きなおやつなどわからない。本人に聞かねばならないだろう。それとも遠羽子に聞くべきかと振り返ると、遠羽子は安堵《あんど》した顔をしていた。

「奥様が大人の対応をしてくださって、本当に安心致しました」

「大人の対応……ですか？」

「ええ。御館様に黙って奥様に出ていかれては、婆《ばば》の寿命が縮みますからね。よく我慢してくださいました」

「……我慢、というわけではないです」

「それでもでございますよ。お屋敷から出られないのでは気が滅入《めい》るでしょうに」

苦笑い気味に遠羽子が盆を持って立ちあがる。緋天の部屋を片づけにいくまがった背を見送って、冬霞は嘆息《たんそく》した。

（外へ出てしまうと、緋天さまの罪悪感につけこめなくなるからなのだけれど）

なんだか悪いことをした気分になる。誰もいないのを確認して、行儀悪く団子にかぶりつく。母屋と離れを往復した団子は早くも固くなり始めていた。

緋天はそれから二日間、本当に帰ってこなかった。その間、冬霞は遠羽子を話し相手に屋敷の掃除《そうじ》をし、洗濯《せんたく》もすませ、朝昼晩と食事を作ってすごしていた。

「三日たっても緋天さまがお戻りにならなかったら、どうしたらいいんでしょうか？」

「大丈夫でございますよ。遅れる場合、御館様は使いをよこしてくださいますので」

「使いもこず、緋天さまがお戻りにならない場合は？」

「そうですねえ……今までそのようなことはございませんでしたのでねえ……」

今度、緋天が出かける前に確認することが増えた。

とはいえ、遠羽子に心配する様子もないのは、今まで何事もなかったからなのだろう。遠羽子が薄情だからではなく、冬霞にも身に覚えのある感覚だった。

冬霞だって、兄が戻ってこない日がくるなんて、思ってもみなかった。今だって実感がない。

「奥様。今日は天気もいいですし、少し買い物に出てまいりますね」

「はい。……すみません」

外に出るなと命じているのは緋天なのだが、年老いた遠羽子に買い物をまかせてしまうのは心苦しい。いえいえと笑う遠羽子を、勝手口から見送った。

屋敷でひとりになるのは、これが初めてではない。居間で縫《ぬ》い物の続きでもやろうかと思ったそのときだった。

「もし、おられますか」

遠羽子が出ていった勝手口とは違う、内玄関のほうからだ。

屋敷から出てはならないとは言われているが、客人を迎えてはいけないと言われているわけではないので、冬霞は縁側から回りこむ。内玄関に膝をつき、舞良戸《まいらど》をあける。

麻の萎烏帽子《なええぼし》をかぶり、浅黄色《あさぎ》の水干《すいかん》を着た男がひとり、立っていた。

体つきはひょろりとした柳のようで、背丈は冬霞より頭ふたつ分ほど高いだけ。青年というには年かさ、中年というには若く、年齢が読めない。冬霞を眺める狐目がどうにもあやしげだ。

「なんと、まあ。早々に奥方にお目通りかなうとは思っておりませんでした」

相手は冬霞を知っているらしい。ちらと黒の萎烏帽子――角《つの》があるならばそこに隠れているはずだ――のあたりを見ると、相手は愛想のよい笑みを浮かべた。

「失礼致しました。私めは黄一族の里より参りました、鼓巳《つつみ》と申します。このようにひ弱ななりではありますが、鬼でございます」

「……冬霞と申します」

鬼には姓がない。故に冬霞も、椿臣《つばきおみ》を名乗る必要はない。

「冬霞様のお噂《うわさ》はかねがね。白銀《しろがね》のうつくしい髪をお持ちだ。目を奪われずにはおれませぬな。かの鬼斬りを思い起こされる者も多いでしょう」

「兄をご存じなのですか？」

「まさか。我が黄一族は、鬼の中でも緋殿や蒼殿と違う弱者の一族でございます。戦場になど出たら、あっという間に滅《ほろ》んでしまいますよ。まして鬼斬りなど、見かけるだけで心の臓が止まってしまいますでしょうなあ」

ふっふっふとあやしげに口元を袖《そで》で隠し笑う姿は、あまり鬼らしくない。

冬霞が黙っていると、鼓巳は居住まいを正した。

「おしゃべりがすぎました。某《それがし》の言いたいことは、黄鬼ならばあなた様のお味方になれますよ、ということでして」

「……兄に恨《うら》みがないからですか？」

「奥様は幼いが、賢い」

にんまり笑ったあと、鼓巳はそっと袖から何かを取り出した。失礼致します、という慇《いん》懃《ぎん》無《ぶ》礼《れい》な言葉と一緒に、敷居をこえて、冬霞の手にそれを握らせる。

黄金の、小判だった。

「我らは商売で生きております。ぜひ今後、よしなに」

つまり――これは、賄賂《わいろ》か。

ぎゅっと小判を握った冬霞に、鼓巳は優しい眼差《まなざ》しを向ける。

「色々、口にするのははばかられます。ですが、望んでくださるならなんでもご用意致しましょう。あなたは鬼の頭領、緋天さまの奥方ですからね」

「……緋天さまに、このことは？」

「奥様に害をなす者は容赦《ようしゃ》しない、というお触れはありましたが、商《あきな》いを営《いとな》んではいけないと聞いてはおりませんなあ」

「ご存じないことなのですね」

「いえいえ、他意はございませぬよ。客から頼まれる前に望むものを差し出す、これが商いの基本でございます。加えて奥様は人間です。何かと旦那様《だんなさま》に申せぬこともございましょう。このなりを見ていただければわかるかと思いますが、我らは人と取引するのにも慣れておりますゆえ」

そう言って鼓巳は自分の格好を見せるように袖を広げた。角を隠し、人のように見える格好をしているのは、人と商売をするためか。

「それにほら、この屋敷には奥様に害をなす鬼は入れぬよう、ぐうるりと緋天様のまじないがかかっておりますでしょう。某があの門をくぐれたのであれば、心配なさらずともよいのでは？」

初耳の情報に驚いたが、ありがたいことに冬霞の頬《ほお》の筋肉はにぶいので、表情に出さずにすんだ。

「とはいえ、本日はいきなりの訪問でございましたので、奥様も考えることがございましよう。ええ、色々ね」

「……」

「またこちらに参りますので、そのときにご入り用のものがありましたらお申し付けくださいませ。何、お代はけっこうです。大事なのは今、奥様に私を信用していただくことですので」

「お茶を用意します。あがってお待ちいただけますか」

冬霞がそう言うと、鼓巳は目を丸くしたあと、ええ、ええと何度もうなずいて草履《ぞうり》を脱ぎ、内玄関の畳《たたみ》の間に座った。

小判を持ったまま、冬霞はいったん屋敷の中に引き下がり、居間にある棚《たな》を開く。

(確かこの間、掃除したとき、ここに)

引き出しの中から磁石《じしゃく》を取りだし、冬霞は素早く握ったままの小判に近づけた。それを確認してから、両肩で息を吐く。

子ども扱いされるのは嫌いだ。だが子どもというのは侮《あなど》られるので、便利でもある。ほどよく囲炉裏《いろり》の上では鉄瓶《てつびん》がしゅんしゅんと音を立て始めていた。冬霞はやけどしないよう気をつけて鉄瓶をとり、遠羽子をまねてお茶を淹《い》れた。盆のうえに淹れ立ての湯飲みふたつと磁石と小判を置いて、内玄関の間に戻る。

戻った冬霞に鼓巳は愛想よく礼を返したが、湯飲みを差し出す盆の上に小判と磁石があるのを見るなり、ただでさえ細い目を眇《すが》めた。

冬霞は素知らぬ顔で、鼓巳と向き合う位置に正座する。

「櫻都に人質《ひとじち》として向かう前、兄は言いました。お前がこれから暮らす場所は、お前を害するために刀を向けるのではなく、甘い言葉を向けるだろうと」

「……」

「だが、善意と悪意は表裏一体。見分けることは難しく、悪意の中にある善意が人を助けることも多い。また、思いやりを信じられぬようになっては本末転倒だ。だから、ひとつだけ心がけなさい。なんの情も関係もないまま、対価の釣り合わないものに対しては、必ず疑うこと」

冬霞は小判を畳に置き、その上に磁石を浮かせた。小判が浮き、ぴったりと磁石にくっつく。

「相当不純物が入っていますね。金が磁石に反応しないことは、商いをなさっているならもちろん、ご存じだと思いますが」

「……」

「鬼であっても貨幣《かへい》は人と同じものを使っている。そして、その管理は黄一族がしているとおうかがいしました。これを、黄一族の族長はご存じなのでしょうか」

鼓巳の目がすうっと冷えていく。それは狼狽《ろうばい》ではなく、冷静な害意の表れだった。

焦る気持ちを押し殺して、冬霞は磁石から引き離した小判を持つ。

「わたしに商いをしたいのですよね。偽金の価値はおいくらでしょう?」

「……いやはや、それは問答ですかな? 偽金は偽金でございますよ」

「ですが、あなたを買えるだけの価値はあるのではないですか?」

鼓巳がむっと眉《まゆ》をよせ、冬霞をどう始末しようか考える顔から、うかがうような表情に変わる。

鬼の中では弱いといえども、そもそも鬼が強い。まして、冬霞は子どもで鼓巳は大人である。緋天がかけたという屋敷のまじないがどんなものかはわからないが、力勝負になれば、冬霞に勝ち目はない。

「わたしはこれで、あなたを買います」

「……それは……見逃す、ということですかな?」

「口に出すのは、はばかられます」

ぽかんとしたあと、鼓巳はくつくつと笑い出した。

「一本とられましたな。……どうしてそのようなお気持ちに?」

「わたしの立場は率直《そっちょく》に言ってよくありません。たとえ頭領の妻だとしても、煉華さまに顔を覚えてもらうほうが、商いの王道というものでしょう」

「煉華様をご存じでしたか。あのお嬢様もなかなかたくましゅうございますな」

「その煉華さまが教えてくださったことです。鬼にとってわたしは緋天さまの子どもを産むためだけに用意された妻。だとすれば、鬼の中で頭領の妻の役目は煉華さまや他の方がつとめるという暗黙の了解があるはずです。なのにあなたはわたしに取り入ろうとした。あなたが他に入りこむ余地がないからです。あなたはなんでもとわたしに言いましたが、さほど大きな力を持っているわけでもないのでしょう」

「そのとおりでございます」

鼓巳が肯定と同時に、だからどうするのだとさぐる目を向けてくる。商売人の目だ。

「あなたがわたしに率先して接触してきた、その野心と冒険心を買うことにしました」

「なるほど、一蓮托生《いちれんたくしょう》というやつですかな。奥様にも味方はおられぬはずですから」

「ですが、わたしは対等ではない関係を望みません。ですので、こちらの小判は預かっておきます」

機嫌よさそうにしていた鼓巳が、出鼻をくじかれた顔をする。しかし、嘆息《たんそく》と一緒に肩を落とし、うなずいた。

「奥様を侮ったツケです。甘んじて受け入れることに致しましょう。商いを営むにあたって、信用は大事ですしな」

「心配せずとも、今のところわたしに接触してくる鬼はいません」

「それはそれは。某の先見の明がためされているところですな」

「さっそくですが、あなたに用意してほしいものがあります」

「緋天様の嫁候補の情報ですか？　それとも、緋天様の弱み？　それよりも人間の小姓《こしょう》が必要ですかな」

「まず、鬼の基本的な情報を。その中でも、黄一族の偽金の情報です」

どこか投げやりに応じていた鼓巳が、今度こそ目を丸くしてこちらを向く。

「あなたはそうとは知らずこの小判を受け取った。そうですね？」

「……」

「いったいどうしてこのようなことになったのか、調べましょう。もちろん結果によっては黄一族の族長にもお話をうかがわねばなりません」

仲間を売れという圧をこめての言葉に、鼓巳はどこかおそるおそる、口を動かした。

「失礼ですが、奥方様はおいくつでしたかな」

「数えで十二です」

「十二……ですか……」

「何か問題が？」

「いえいえ、滅相《めっそう》もない」

居住まいを正した鼓巳は、深々と頭をさげる。

「もちろん調べさせていただきます。偽金など、黄一族として見すごすわけにはまいりませんからな」


鼓巳は皮肉まじりに他にも様々なことに答えてくれた。

まず、頭領は緋一族か蒼一族のどちらかの鬼が務めてきたものらしい。黄一族はというと腕っ節ではてんでかなわぬ弱い鬼たちが集まってできた一族なので、頭領など出たことがない、と自虐《じぎゃく》的に教えてくれた。黄一族の族長はそこそこ強いらしいが、一族の多くが職人か商いといった、鬼らしくない生活をしているようだ。

つまり黄一族が鬼の生活を支えていると冬霞は思うのだが、頭領を輩出《はいしゅつ》できなければ、優遇されることもなく、大きな顔もできない。現に先代の頭領が出た蒼一族の時代は、戦《いくさ》が続いたこともあってずいぶんこき使われたらしい。人のほうがまだまともな商売相手だと鼓巳はぼやいていた。

　蒼一族は呪力が高い傾向があり、我らこそが鬼であると言い放つ傲慢《ごうまん》な、もとい気高い一族だとも教えてくれた。蒼一族の理屈では、緋一族ですら人の血と同じ色をした不浄の鬼。まともな呪力も腕力も持たない黄一族などただの雑鬼扱いと、ずいぶん反感を買った物言いをしているらしい。

　その点、緋一族は鼓巳いわく「歯に衣《きぬ》着せぬ言い方をすれば腕力馬鹿」だそうだ。政治的な能力は下の下で、意外と情にもろい。蒼一族ほど傲慢に振る舞わないため、頭領が出れば比較的平和が続く。しかし、とにかく暴れ出したら手がつけられない。頭領が蒼一族から緋一族の鬼に交代する原因の大半が、頭領の座を狙ったからではなく、何か気に入らないことがあって緋一族が暴れた結果、頭領が死ぬからだそうだ。

「人間にはどう伝わっておるか知りませんが、緋天様への頭領交代もそういった経緯がありましてな」

「先代の頭領は、兄――鬼斬りが首をとったのでは？」

「ええ、そうでございますよ。ですが、なぜ先代の頭領――碧目《あおめ》様とおっしゃったのですが――その方のもとへああもたやすく鬼斬りがたどり着いたのかといえば、緋一族の反感を買って碧目様の護衛が手薄になっていたからです。というのも、碧目様は緋一族の里の人間どもを囮《おとり》にして撤退する策をとったのですよ。これがよくなかった」

遠羽子が囮に使われた、と言っていた件だろう。

「緋一族は鬼の子を産んだ人間を食べず、残しておくことが多い。爺婆《じじばば》になっても追い出さず面倒をみたりと奇特なことをします。ま、人間を家族扱いするのですな。その点、鳴訣山のようなところがあります。そのあたりの感覚を見誤って、もういらぬ人間だろうと蒼一族が鬼斬りの軍勢を足止めするため、その前に放り出した」

「……戦場は混乱したでしょうね」

「そう聞いております。だがこれに気づいた緋一族が激怒して、人間を助けに動き出してしまった」

「その結果、前頭領を守る鬼の数がへった……」

「そのとおり。頭領の首は胴体と離れ、人間の軍勢が三色鳥居に迫ろうとしていた。そこへ現れたのが緋天様です。鬼斬りを相手にしながら、おひとりで人間どもを逢枝山《さん》から図川《とがわ》まで押し返した」

鬼の英雄譚《たん》を、陶酔《とうすい》した様子で鼓巳は語った。

「強さがすべてという鬼の道理からいえば、緋天様への頭領交代は当然の結果です。多少間もあきましたが、緋天様は碧目様を討《う》った鬼斬りの首も落としておられる」

「……櫻都で兄は毒を使われたと聞きましたが、その点について緋天さまを責める動きはないのですか？」

「はて、聞いたことがありませんなぁ。人間側の負け惜しみでは？」

毒の件は、鬼の間では噂《うわさ》にすらなっていないらしい。

「ですが、蒼一族はそれだけお強い緋天様が囮の人間を助け、先代頭領を助けなかったことが許せない。故に先代頭領を見捨て漁夫《ぎょふ》の利《り》を得た卑怯者《ひきょうもの》と、こうなるわけですな」

「だから蒼一族は緋天さまを目の敵《かたき》にしているのですね」

「碧目様には青牙様というご子息がおられます。今の蒼一族の族長、蒼殿ともお呼びします。緋天様より少し年上の美丈夫《びじょうふ》、頭もきれる方です。ですが融通《ゆうずう》がきかず、まがったことがお嫌いでしてねぇ。碧目様と一対一で戦ったわけでもなく、あとからのこのこやってきて鬼の壊滅《かいめつ》の危機を救ったから頭領だという緋天様を認めたくない。しかも緋天様はまだ若く、なんと人を食えない鬼だ――とくればもう、反対する要素しかない」

それが、蒼一族の総意らしい。

「奥様の輿《こし》が襲われたのは、人間との和平が気に入らないということもありましょうが、基本は緋天様への嫌がらせです」

「……蒼一族はどうするつもりなのでしょう。緋一族に攻め入るのでしょうか？」

「そうしたいところでしょうが、何せ緋天様はお強い。何か決定打がない限りは、嫌がらせと皮肉を言い続けるだけでしょう。人を食べられないくせにとか、そのあたりをこうちくちくと」

「……緋天さまが人を食べられない理由について、何かご存じですか？」

「昔からそうだったらしいですな。緋天様はあの鳴訣山の生き残りです。その辺に事情があるのだとは推察できます。あとは、緋一族の者に聞けばわかるかもしれません」

煉華は知っているのだろうかと、ふと思った。

「調べることはできます。お買いあげされますかな？」

「いえ。いくら心配でも、緋天さまからわたしが直接うかがうべきことでした。今聞いたことは、忘れてください」

「夫婦円満の秘訣《ひけつ》ですな」

鼓巳が意味深に笑い返した。

「ですが、そう心配されることはありませんよ。人が食えなかろうがなんだろうが、とにかく緋天様はお強い。強い鬼が頭領になるというのが、鬼の掟《おきて》です」

「鬼喰《おにぐい》がなくてもですか？」

鼓巳が一瞬、無表情になった。それから狐のような目を細めて、声をひそめる。

「どこでそれを耳にされましたかな？」

「襲ってきた青鬼が言っていました」

長い嘆息と一緒に鼓巳はやれやれと首を横に振る。

「これだから自分が賢いと勘違いしている無能な青鬼は——おっと、口がすぎました」

「もし鬼喰が蒼一族の手に渡ったら、緋天さまはどうなるのでしょう」

鬼喰が何かわからなくても、鬼にとって人に知られてはならない重要なもので、蒼一族がさがしているものだ。鬼喰の存在は、強い鬼が頭領になるという掟《くつがえ》も覆《くつがえ》してしまうのではと心配になる。

だが、鼓巳は首を横に振った。

「奥様。いくら本当に鬼なのかと笑われるような黄一族の末端である某《それがし》にも、鬼の矜持《きょうじ》というものがございます。奥様がご存じだということも、聞かなかったことにします」

静かな笑みをたたえた鼓巳は唇の前に人差し指を立てた。

「人には言えませぬ。お許しを」

ではこれにて、と鼓巳はそれ以上の追及を許さない口調で、場を辞した。

ひとりで床《とこ》に入った冬霞は、天井を眺めながら昼間のことを考える。

（鬼喰とは、なんなのだろう）

鬼を喰うもの。言葉通りの効能があるならば、確かに人間に知られてはまずいだろう。

被食者と捕食者ならば、捕食者のほうが強い。それが自然の摂理というものだ。

(先代の頭領が持っていたとして、先代の頭領の首を取ったのは兄さま。なら……兄さまは知っていた?)

——戦場の報告がてら櫻都にきた兄は、冬霞に他愛《たわい》ない話をたくさんしてくれた。手紙は検閲《けんえつ》されていたし、ふたりきりの語らいも襖《ふすま》の向こうで聞き耳を立てる見張りがいたためか、兄は戦況だとか政治的な難しいことは何ひとつ語らなかった。

だが、今思えば、戦場の功労話や腕自慢や冗談にまぜて、ひそかに冬霞に色々なことを示してはいなかったか。

『先代頭領だった青鬼の首を取れたのは運がよかったからだよ』

『鬼をむやみにおそれることはない。やっていることは人と変わらない』

『兄さまの首は、親友にしかやるつもりはないからね』

『ずるい女におなり、冬霞。そうすれば男の秘密を預かれるようになる』

寝返りをうって、ぎゅっと布団をにぎる。

『鬼を滅《ほろ》ぼす方法? ああ、お偉方が噂しているあれか。でもね、冬霞。そういうものは使わないことが大事なんだよ。安易に使うものではないさ』

おおよそ、この世のことわりというのは、ろくでもない対価を必要とするから。

優しい声が教えてくれた、たくさんの言葉が胸をつく。

(兄さま……)

もういない者にすがるのは愚かな行為だ。けれど、ずっと離れて暮らすのが当たり前だったせいで、冬霞はいまだに兄がひょっこり帰ってくる気がしてならない。

兄の首も体も、椿ノ郷が鬼から返却を受けた。だが、混乱をさけるため兄の死をふせたがった櫻都のお偉方は、首も体も椿ノ郷から取りあげ、隠してしまったのだ。そのせいで兄の墓すらたてられずにいる。

だから、冬霞はまだ、兄の墓に手も合わせていない。

だから、兄の死を実感できずに、涙ひとつこぼせないままでいる。

眠ってしまおうと頭から布団をかぶろうとした冬霞の耳に、こんと音が聞こえた。気のせいかとまたたいたが、こんこんと続けて音が鳴る。

寝室の引き戸を叩いている――いや、小石か何かを当てているのだろうか?

「……誰ですか?」

返事は期待せずに、そろりと近くに置いておいた懐剣を手に取る。

「名乗りなさい」

引き戸の隙間《すきま》から、何か差しこまれた。思わず懐剣の柄を握った冬霞だが、次に耳にしたのは、廊下《ろうか》の軋《きし》む音だった。どんどん遠ざかっていく。

ぎゅっと唇を引き結び、冬霞は追いかけるのではなく、まず差しこまれたものに手を伸ばすことを選んだ。細長く折りたたまれた小さな紙だ。

『鬼斬リハ緋天ニ裏切ラレ殺サレタ』

思わず立ちあがった冬霞は、引き戸を開いた。すでに誰の気配もなかったが、がたがたと遠くで何かを開こうとする音がした。内玄関のほうだ。

迷ってから、冬霞は紙を帯にはさんで、内玄関へ向かう。

だが縁側に出たところで、影が曲がり角から伸びていることに気づき、足を止めた。

「冬霞?」

「……緋天さま」

廊下を曲がって現れたのは、燭台《しょくだい》を持った緋天だった。冬霞も驚いたが、緋天も驚いたようで、らしくなく立ち尽くしている。

(そうか、今日でちょうど三日目……)

帰ってきたのだ。ほっと自分が安心したのがわかった。無事に帰ってくるのか、やはり不安だったらしい。

「……起こしたか？」

「いえ。……その、目がさめてしまっただけです」

文《ふみ》を隠すように帯のあたりに手をあてる。それから、緋天を見あげた。

「おかえりなさいませ」

挨拶《あいさつ》は欠かさない緋天が、あからさまに目を泳がせた。

そういえば、緋天は怒ったまま出かけてしまったのだ。

（まさか、それで気まずい？）

何から言うべきか、迷っているらしい。

微笑《ほほえ》ましくなって、泰然《たいぜん》と、妻らしく、緋天の返しを待つ。緋天は足元と冬霞の顔を何度か見比べていたが、観念したように口を開いた。

「……ただいま」

「はい。ご無事のお戻り、何よりです。お話ししたいことがたくさんございますので」

緋天は眉《まゆ》をひそめたが、無言でまた冬霞を片腕で抱きあげた。

まだわからないことだらけだが、それが緋天なりの和解の合図だとわかった。

第三話　見ざる聞かざる、鬼宴

何かあったかと緋天《ひてん》から尋ねてくれたので、冬霞《とうか》は正直に鼓巳《つつみ》の訪問を話した。眉をつりあげた緋天が立ちあがってどこぞへ行こうとしたので押しとどめ、きちんと顔を突き合わせて説明した。

遠羽子《とわこ》の年齢もある。屋敷から出るなと言うのであれば、出入りの行商がいてくれたほうが楽なのだ、贅沢《ぜいたく》はしないと説《と》いた。屋敷のまじないについても言及すると、それは本当だったらしく、緋天は苦い顔になった。

「確かにまじないはあるが、しょせんまじないだ。人が桃の実を持って鬼を追いはらうくらいの効果しかない」

「でも、警戒しなくてもいいのではありませんか？」

「……買い物が楽になるのはわかる。だが、それだけか？」

「それ以外にありますか？」

「君のいいように話がぼかされている気がしてならない」

「子どものわたしが、緋天さまより一枚上手《うわて》であるとそうお思いなのでしたら、きちんと妻扱いしてください」

したり顔でそう返すと、緋天は嘆息《たんそく》して、鼓巳の出入りを許した。これに喜んだのは鼓巳である。

「いやあ某《それがし》、わりと危ない橋を渡ってる気がしておりましたからねえ」

さて、何をご所望《しょもう》でしょうかともみ手をする鼓巳に、手間賃をくすねたりだまされたりしないように目を光らせなければならない。

だが、意外にも鼓巳は誠実な商売をした。いい人材を引きこめたのではないかと満足している冬霞だが、遠羽子は不安そうだった。

「奥様は本当に怖い物知らずでございますね」

「そうですか？」

「黄一族《きいちぞく》はいちばん人と価値観が近いそうですが、それでも鬼でございますよ。私のいない間に鬼とひとりで対峙《たいじ》するのはおやめくださいませ。不用心です」

何より遠羽子はそこが気に入らないらしく、お説教をくらってしまった。年老いた遠羽子を盾にできると考えるほうが不用心な気がするのだが、それは言わずにおいた。

他に遠羽子にも緋天にも言わずにおいたのは、黄一族の偽金の件と、例の密書めいた文《ふみ》のことだった。

黄一族の件は使いどころを考えているだけだが、文はそのあとも届き続けたからだ。

緋天の兄に対する裏切りを示唆《しさ》する文章から始まった一連の妙な文は、置いていった鼓巳の荷の中に、あるいは読みかけの書物の間に、様々な方法でこっそりしのばされていた。

『鬼ヲ信ジルナ』

『鬼喰《おにぐい》ヲサガセ』

『鬼喰ガアレバ、仇《かたき》ガ討《う》テル』

『鬼斬リハ、鬼喰ヲ奪ウ為、謀《はか》ラレタ』

切り取られた印字が糊《のり》で貼りつけられている——鬼の里にも瓦版《かわらばん》があることは緋天に確認したが、取り寄せるのは禁じられた——ので筆跡はわからない。

わかるのは、冬霞に鬼喰をさがしてほしい者がいるということだ。

文を届けられるのだから、冬霞の動向をさぐれる立場にいるのだろう。不用意に動くのは危険だったので、無視を決めこんだ。

そもそも、鬼喰がなんなのかもわからない冬霞にどうしろというのか。せめて何かもう少し役に立つ情報を流してはくれないものかと思っていたある日、朝餉《あさげ》を食べ終えた緋天が言った。

「明日、鬼の族長会議がある」

「どこででしょう」

「今回はここで」

世の中には準備が必要な予定を早めに知らせない夫がいるとは聞いたが、緋天もその類《たぐい》だったようだ。しかも小言《こごと》をきかせる前に、もうひとつ緋天は地雷を踏んだ。

「取り仕切りは煉華《れんか》にまかせる。冬霞は、離れから出ないように」

冬霞が名目上の妻というのは、まだ継続中の案件のようだ。

しかし、族長会議など見たことも聞いたこともないし、ごめんさいねぇと意味深に笑いながら指示を出す煉華のほうが適任なことは間違いなかった。緋天が頭領《とうりよう》になって初めての族長会議、粗相《そそう》があれば頭領の威厳が損《そこ》なわれるというのは冬霞にもわかる。時間もないため緋一族総出で準備にあたるのだと言われては、反発もしにくい。

（でも、もうそろそろ怒ったほうがいいかもしれません）

緋天は煉華の行動をただの親切だと思っているふしがある。実際そうなのかもしれないが、妻がいるのに相談もせず、ただそれに甘えるのはどうかと思う。

どう言えば理解してもらえるだろうと考えているだけで一日はすぎ、屋敷の門をくぐる族長たちを、冬霞は遠羽子と離れの窓からのぞくことになっていた。

聞いていた到着予定時刻より前にやってきたのは、金ぴかの派手な輿《こし》だった。かつがれているのは、金髪に涼やかな目をした色男だ。胸元を開いた流線文様の着流しと色を合わせた羽織《はおり》を肩からかけ、煙管《きせる》をふかしている。

案内役をつとめているのは鼓巳だ。ということは、彼が黄一族の族長なのだろう。

「遠羽子さんは黄一族の族長――黄殿のお名前を知っていますか？」

「黄羅《きら》様でございます。その名のとおり、きらびやかでらっしゃいますねえ」

黄羅は輿からおりるなり、手土産《てみやげ》の酒瓶《さかびん》をぽいと使用人に投げ渡し、下駄《げた》を鳴らしながら案内も待たずに入っていった。無礼というより、大雑把《おおざっぱ》な性格に見える。

逆に到着予定時刻に堂々と遅れて門をくぐったのは、藍《あい》色に染められた小袖《こそで》をはためかせ袴《はかま》を着た美丈夫《びじょうふ》だった。切れ長の瞳は鋭く、唇は真一文字《まいちもんじ》に結ばれている。

「あの方が蒼一族《そういちぞく》の族長の、青牙《せいが》様でしょうか？」

「そうでございましょう。青牙様は厳しく実直な方だと聞いておりますので」

青牙は輿にはのらず、小姓《こしょう》だけをつれて屋敷の門をくぐる。身なりは立派で、白の羽織も黒の帯もとてもよく似合っていた。すらりとした長軀《ちょうく》は、鍛えられているとわかる体つきだ。佩《は》いている太刀《たち》も飾りではないのだろう。

それを見て、思わずため息が出た。

（……緋天さまと大違いだわ）

緋天は着るものにあまり頓着《とんちゃく》しない。きちんとしていたのはあの祝言《しゅうげん》の日くらいで、それ以外は冬だというのに寒くないのか、着流しに裸足《はだし》でいる。着物も黒一色で同じ仕立てのものが簞笥《たんす》に詰めこまれているのを見て、冬霞はめまいがした。

だが、煉華とともに蒼一族を出迎えた緋天は、黒地に金糸で刺繡をした立派な羽織を着ていた。中こそいつもの黒の着物だが、紅の角帯がよく似合っている。煉華が用意したのだろう。

先ほどの黄羅はあの格好だったし、会議とはいえそんなに格式ばったものではないようだ。だからあれでもいいのかもしれない。

いずれにせよ、どの族の長《おさ》も優劣のつけがたい美丈夫だ。強い者ほど美しいという噂《うわさ》は本当らしい。ふと冬霞は、目元に視線を戻す。

（早く縫《ぬ》ってしまおう）

せっかく鼓巳に頼んで用意した反物《たんもの》だ。きっと今日は暇で暇で暇に違いないから、さぞ作業がはかどるだろう。

「奥様、このようなものが、襖《ふすま》に挟んでありました」

針仕事に戻ろうとしていた冬霞は、手伝いのために部屋の外へ出ようとした遠羽子が青い顔で差し出したものにまばたく。

ああ、と思いながら受け取り、遠羽子に確認する。

「ありがとうございます。……中を見ましたか？」

「い、いいえ。ですが……ひょっとしてよくないものではないですか？」

「そうでもありません。緋天さまにはあとでわたしから報告します。大丈夫ですから、遠羽子さんは座敷の手伝いをお願いします」

遠羽子は何か言いたげにしていたが、ひとまずうなずき返してくれた。

その足音が聞こえなくなるまでじっとして、冬霞は文を開く。

『青牙ガ、鬼斬リニ毒ヲ盛ッタ』

ゆっくり目を細めた冬霞は、文をたたんで、懐《ふところ》に入れた。

＊

鬼の族長会議は四ヶ月に一度、各族長の屋敷で持ち回りで開かれる。戦《いくさ》の最中で毎月族長が顔を突き合わせているような状態でも執《と》り行われていた、大事な慣習だ。宴《うたげ》の準備こそ大勢の手を借りるが、会議では許可なく族長以外部屋に入ることも許されない。

しかし、鬼は頭領の決定に反しない限り各一族のことには不干渉《ふかんしょう》だ。戦がない平常時など、議題は特にない。

たとえ人間との和平を結ぶことにどんなに皮肉が飛んでこようと、緋天が首を縦に振らなければひっくり返せない。それが鬼の掟《おきて》である。

「ではどうあっても貴様は櫻都《おうと》に攻め入らぬと言うのだな」

蒼一族の族長である青牙は早々に青筋を立てている。緋天は静かにうなずいた。

「人を滅《ほろ》ぼせば、いずれ鬼も滅ぶ。人がもう戦をしかけてこなければ、それでいい」

「だからあの忌々《いまいま》しい鬼斬りの故郷を見合い場にして我慢しろと？　はっ、どうせなら家畜にしてしまえばよいのだ、人間など！」

「まーまー青牙。ぎゃあぎゃあ言ったたって仕方ねぇだろ。家畜っつったって、飼うのも手間暇と金がかかるんだからさぁ」

のんびりと間に入ったのは、黄一族の族長である黄羅だ。

「椿ノ郷《つばきのごう》は痩《や》せてるが広い土地だ。人間牧場にするよか、開墾《かいこん》に使ったほうが商《あきな》いのしがいもある。なんでもかんでも支配支配って、現実を見ろっつうの坊ちゃん鬼め」

「黙れ、薄汚い守銭奴《しゅせんど》が。いつもいつも戦のあとからのこのこ出てきて、知ったような口をたたくな」

「それ言われると弱えなぁ。お強い蒼殿と緋殿のおかげで我ら黄一族は今日も商売繁盛《はんじょう》してございます」

にやりと笑った黄羅がふっと煙管から煙をふく。煙をあびた青牙がこめかみに血管を浮かせてにらみ返している。いつもの光景だ。

「けど、蒼殿の懸念《けねん》はもっともだぜ緋天。まず椿ノ郷、どうするんだよ。鳴訣山《なきわかれやま》のかわりにでもするつもりか？」

「……」

「まあ頭領はお前だ。お前は誰の許しもなく鬼のことを決められる。人間と和平を結ぶことも、その条件もすべて思いのまま。それが鬼の掟だ。異《い》を唱えるつもりはねぇよ」

黄羅が煙草盆に煙管の灰を落とし、さぐるような目を向ける。

「けどなぁ、お前ちゃんと先のこと考えてるか？　見通しがなさすぎるんだよ。鬼斬りの妹だって、どうすんだ。戦利品だってのはわかるが」

「ふん、その妹も櫻都にすれば厄介払《やっかいばら》いだったという話ではないか。人間どもは痛くもかゆくもなかろうよ」

「だが、これでもう椿ノ郷と敵対せずにすむ。鬼斬りの遺体を取り返すため向かってきた椿ノ郷のすさまじさを、忘れたわけではないだろう」

雪疾《ゆきと》の首を切り落としたあと、椿ノ郷は族長の体を鬼の餌《えさ》にすまいと、すさまじい勢いで攻めてきた。雪疾の首と体を返すことでやっと撤退したのだ。鬼斬りを生んだ郷であることをまざまざと思い出させる決死の一戦だった。

同じものを目の当《ま》たりにしていた青牙と黄羅が、緋天の言い分に口を閉ざす。

「鬼斬りを失った椿ノ郷の民にとって、今、一番大事なのは、その妹の冬霞だ。櫻都の人間はそれをわかっていない」

「……どうにも解せぬ話だな。殺し合っていた我らのほうが、あの郷の気質を買っているというのも」

「まーなぁ……だが椿ノ郷を手懐けるためなら、あの条件は確かにありだ。妹をおさえておきゃ、鬼が郷長でも刃向かってこねぇって話だろ。椿ノ郷さえなければ、櫻都もその他の郷も、赤子の手をひねるより簡単だろーしな」

忍び笑いをして酒を注ぐ黄羅に、青牙が脇息《きょうそく》にもたれかかり、冷たい目を向けた。

「自ら戦に出る気もないくせに、ぬけぬけと」

「そりゃあもう、我らは薄汚い守銭奴ですゆえ。蒼一族と緋一族のお力を借りるより生きるすべはございませんよっと」

「約定に納得したなら、各一族、鬼喰についても勝手に捜索に動かないよう、俺の命令を徹底させてくれ」

そう言うと、青牙が真っ向からにらんできた。

「それとこれとは別問題だ。そも、蒼一族は、お前を頭領と認めてはいない」

「……あまり屋敷を離れたくない」

蒼一族が勝手に椿ノ郷へ向かわせた鬼喰の捜索隊を止めるため三日も屋敷から離れることになり、結果、冬霞が黄一族との接点を持ってしまった。

(冬霞は雪疾のことも、鬼喰のことも、まださぐっているに違いない)

とても困っているのだが、どうやら青牙や黄羅にはぴんとこなかったらしい。やや間をあけて、やっと黄羅が手を打った。

「ああ、この間の頭領自ら出向いて蒼一族の捜索隊を蹴散《けち》らした件か？　あれは確かにないわー、鬼喰の存在を人間に勘づかれたらいったいどうするつもりなんだか。これだから坊ちゃん鬼は――おっとぉ」

青牙からにらまれて、黄羅はわざとらしく口を手でふさぐ。苛立《いらだ》たしげに青牙は吐き捨てた。

「そもそも緋天が父上を守っていれば、こんなことにならなかった。お前が間に合わず、鬼斬りに鬼喰を奪われたがために話がややこしくなったのだ。それをどうこう言われる筋合いなどない。鬼喰をさがすのは、鬼全体の問題だ」

「先代の死に際に緋天が間に合えば、ねえ。確かに鬼喰はとられずにすんだだろうな。そしたら蒼殿は緋殿を頭領と素直に認めてたってことで、めでたしめでたしだったよな」

からからと笑う黄羅とは対照的に、荒々しく青牙は立ちあがった。

「不愉快だ」

「おい青牙、どこ行くんだよ？」

「話にならん。帰る」

「あーあー。じゃ、俺も帰ろっかなー」

「宴《うたげ》の支度《したく》をしている」

一応進言したが、青牙は鼻で笑い飛ばすのみ。黄羅は「奥さん待ってるから」などと言って立ちあがる。

(結局、俺の言うことを聞く気がないな)

族長の中で一番年若く、人を食えぬ鬼だと侮《あなど》られているのは知っている。

だが力ずくで引き止めるのも違うだろう。顔をしかめていると、青牙と黄羅の退出の気配を聞きつけて、煉華が顔を出した。

「どうしたの、緋天。これから宴でしょう？」

「帰るそうだ」

「――何言ってるの！　頭領の屋敷での族長会議で、途中で帰るなんて……！」

緋天としては、きただけましだったのでは、と思わないでもない。

だが、煉華は気が収まらないらしく、緋天の腕を引っ張り出した。

「怒りなさいよ、緋天！　馬鹿にされてるのよ!?」

「だが」

「御館様《おやかたさま》！　奥様が、蒼殿と黄殿の前に……！」

飛びこんできた遠羽子の声に、ばっと緋天は顔をあげる。そして煉華よりも早く、玄関へと走り出た。

＊

鬼斬りというつぶやきに、冬霞はひそかに笑った。

兄と自分は背丈も何もかも違う。だがどうしてもこの目立つ白銀《しろがね》の髪が、鬼にそれを連想させるらしい。わざわざ羽織《はお》ってきた白の打掛も効果的なのだろう。

鬼に死を告げる白装束《しろしょうぞく》。兄は戦場でそのように畏怖《いふ》されていた。

「初めまして。ご挨拶《あいさつ》が遅れて申し訳ございません。わたしは先の月にこちらに嫁《とつ》いでまいりました、冬霞と申します」

「……鬼斬りの妹か」

不吉なものでも見たように黄羅が目を眇《すが》める。ふんと鼻で笑った青牙が、前に出た。

「ただの子どもではないか。何をおそれる」

「皆様、まだお帰りになる時間ではないはず。何か粗相《そそう》がありましたでしょうか」

「お前が立ちはだかっているのが何よりの粗相だ。どけ」

「青牙さま。兄からお話を聞いたことがございます。鬼の頭領にたどり着くにも、その前に立ちはだかる青鬼であるあなたが、いちばん厄介だと」

青牙が少し目を丸くしたあと、舌打ちと一緒に吐き捨てた。

「鬼斬りめ、嫌みか。私などまともに視界に入れたこともないくせに」

「兄が緋天さまに討《う》たれたことも、緋天さまをお守りするあなたの活躍あってのことなのでしょうね」

「私が緋天を守るだと？　馬鹿を言うな！」

本気で憤《いきどお》っている青牙を、冬霞はじっと見る。やはり、と思った。

「何をしている、冬霞！」

怒声がその場にわって入った。緋天だ。玄関の式台をおりたところで立ち往生《おうじょう》している黄羅を押しのけ、青牙の横を通り、まっすぐに冬霞のもとへやってくる。玄関の奥には煉華と、遠羽子の姿も見えた。

「離れから出るなと言ったはずだ」

「申し訳ございません、緋天さま。わたし、どうしても兄さまのお話を皆さんに聞いてみたくて」

「馬鹿な。ここにいる全員をなんだと思って――」

「でも、黄羅様は親切にしてくださいました。ほら、このような珍しい小判をくださったのです」

冬霞は袖《そで》にしのばせておいた磁石《じしゃく》にひっついたままの小判を、無邪気に取り出す。

黄羅の顔が一瞬で険しくなった。

緋天が目を細めて、それを受け取る。青牙もむっと眉《まゆ》をよせた。

「これを、このお調子者からもらっただと？」

「はい。黄一族の里にはたくさんあるものだからと」

「偽金ではないか！」

眉をつりあげた青牙が、振り向く。対して黄羅は冷静だった。

「いや俺にもさっぱりわかんねーんだけど。そんなもん渡した覚えはねーし」

「そんなことはどうでもいい！　偽金が存在すること、それ自体がお前の不手際《ふてぎわ》だ！」

「……そりゃそうですけどー」

「どういうことか説明してもらうぞ。もし蒼一族に出回っているのであれば、その首が飛ぶと思え！」

「いやそれはいきすぎだろ。なんでそう極端なんだよ」

「……話は、座敷に戻ってからだ」

緋天の声に、青牙が舌打ちと一緒に荒々しい足取りで逆戻りをした。途中で黄羅の襟首《えりくび》もつかみ、引きずっていく。

耳打ちは無理なので、冬霞は緋天の横に立った。

「緋天さまは偽金の件を片づけることを条件に、黄羅さまを不問に付してください。そうすれば黄一族はまだ、御《ぎょ》しやすくなるでしょう」

「……」

「青牙さまはきっと、緋一族と黄一族が手を組んで蒼一族を脅《おびや》かそうとしているのではないかと警戒します。そうすれば、不用意に動かず様子見を始めます」

る。

「おい緋天！　その小娘も席に呼べ。その偽金について説明させろ！」

青牙の怒鳴り声に、緋天の眉間《みけん》のしわがますますよる。黄羅はこちらを見ていたが、青牙に反対する気はないようだ。

「緋天さま。わたしを危ない目から遠ざけるために妻と扱わずにいるなら、それは逆効果です。妻と扱われぬほうが、侮られて危険が増します。ですからここは――」

「もうわかった」

説得の途中で抱きあげられた。

「黄羅からの追及をかわせるのか」

「わたしは子どもです。わかりません、黄羅さまからだと言って差し入れられました、黄一族の贈り物ですとだけ繰り返します」

「都合のいいときだけ子どもか」

「緋天さま。わたしは子どもですよ」

じろりとにらまれたので、にっこり笑い返した。

「――鼓巳だな」

種明かしをするつもりはないので、苦々しい緋天のつぶやきにも冬霞は素知らぬ顔をする。

「わたしが子どもであることと、わたしを子どもだからと侮ることは、違うのです」

緋天は怒気を隠しもせず、ずっと怒っていた。それをどうやら黄羅も青牙も勘違いしたようだ。

族長会議はほぼ緋天の命令通りにすすんだ。偽金の件は黄羅の調査結果をまって次回へと持ち越し、青牙も独自に調べると黄羅をにらんでいたが、どちらも緋天の命令を受け入れることに反対はしなかった。

どうやら緋一族は怒らせてはならないという不文律《ふぶんりつ》が、鬼の間では本当に存在するらしい。いつ緋天が暴れ出すかと、黄羅も青牙も警戒しているようだった。緋天の横でひたすらにこにこしている冬霞には、奇異と憐《あわ》れみのまなざしがそそがれていた。

そのまま夕刻の宴まで滞《とどこお》りなく終わり、月が高く昇った頃合いに、黄羅も青牙も自分の里へ帰っていった。

そのあとに始まるのは当然、お説教だと思っていたのだが。

「今日の議題は、君が隠していることとすべてだ」

灯明皿《とうみょうざら》の灯りに照らされた寝室で、緋天が切り出した。

そうきたかと冬霞は正座して、正面から切り返す。

「お互いに隠していることを話す、というのであれば一問一答形式でお答えします。それなら公平でしょう」

「……君の兄の件なら隠していることはない」

「でしたらわたしも何も緋天さまに隠したりしておりません」

「……」

「……」

しばしの沈黙ののち、緋天が長い長いため息を吐いて、胡乱《うろん》な瞳をこちらに向けた。

「……。わかった」

「本当ですか⁉」

思わず身をのりだした冬霞に、緋天がややうしろにさがった。

「本当に、兄さまのことを教えてくださいますか」

「……嘘はうまくない。だが、話すのは君からだ」

冬霞は背筋を正して、尋ね直す。

「では、わたしは何を話せばよいですか?」

「……なぜ、昼間、あんな危険な真似《まね》をした？　殺されてもおかしくなかった」

「確かめたいことがあったからです」

立ちあがって、冬霞は寝室の隅にある箪笥《たんす》に向かう。そして冬霞の下着や着物がまとめてある一番低い引き出しをあけた。そこへばらばらにはさんでいた文をまとめて、緋天に渡す。

緋天は文を見るなり、眉尻《まゆじり》を吊りあげた。

「……」

「青牙様は兄さまに毒を盛るような方には見受けられませんでした」

「……。確かに、青牙はそういうことはしない」

緋天は文すべてに目をとおし、疲れたように肩を落とした。

「なぜ、報告しなかった」

「いかにもわたしに何か騒ぎを起こしてほしそうだったので、逆に無視していれば、いずれ焦れて尻尾《しっぽ》を出すだろうと判断しました。今のところ、わたしに危害を及ぼすようには感じませんでしたし……」

冬霞本人に何かしらするつもりなら、とうの昔に手を出しているはずだ。だが、届くのはあやしげな文だけだった。

「では今日、なぜ文の思惑どおり騒ぎを起こした？」

「突然青牙さまという登場人物が増えたので、直接お話しして確かめたかったのです。それでひとつ、わかりました。緋天さまのために兄さまに毒を盛るような、味方になってくれる鬼はいません」

「……」

ちょっと緋天がまなじりをさげた。ひょっとして悲しいのだろうか。

「あとはもうひとつ、毒を盛るという表現が気になったのもあります」

「……君の考えはわかった。だが、俺に言うべきだった」

緋天がまっすぐ顔をあげてこちらを見た。反論を許さない目だった。

「今日のこともだ。鬼たちは全員、大なり小なり鬼斬りに思うところがある。青牙などは特にそうだ。なのに」

「緋天さまがいらっしゃるから、大丈夫だと判断しました」

「そういう信頼のしかたは正しくない」

「でも事実です。わたしにとっては緋天さまがいるということは、兄さまがいるのと同じことです。そう考えなくては、鬼の里でわたしが生きていられません」

珍妙な顔をしたあと、緋天が降参したように前髪をかきあげた。

「……本当に、口だけは一人前だ……」

「では、次は緋天さまの番です」

深呼吸をした。でもしっかり背筋を伸ばして、前を見た。

「兄さまの最期に、何があったのですか」

手にした文を畳《たたみ》に伏せて置き、緋天は沈黙した。

誤魔化《ごまか》そうとするそぶりはない。ただ、何かを言いあぐねている。その仕草が、兄の死を知らせにきた椿ノ郷の使者とよく似ていた。冬霞を見ないまま迷っているのは、たぶん言葉だ。

言葉にしたら、現実になってしまう。そういう畏《おそ》れだ。

「……本当に、そのままだ。俺が首を取った」

「どうしてですか」

「鬼斬り……雪疾が、毒にやられた、もう助からないと言っていた」

——いつ盛られたかわからないが、遅効性の毒だろう。もう目がかすんできた。だがよかった、お前に会えたのなら、まだ運はある。

「ふたつ、頼まれた。ひとつは毒について伏せて俺が首を斬ること。もし誰かに毒のことを聞かれたら、毒矢に射《い》られたと答えてくれ、とも言われた」

「……」

「もうひとつは、君のことだ。自分の首を取れば、戦《いくさ》は鬼側の勝利になる。だから妹の冬霞を娶《めと》ってくれと言われた。都においてはおけないからと……それと椿ノ郷の郷長も頼まれた。鳴訣山をもう一度作ってもいい、と」

緋天は人間に、雪疾の希望そのままを要求したのだ。

「……やっぱり緋天さまは、兄さまの親友だったのですね」

「違う。——雪疾には、息がまだあった。なのに首を落とした。親友はそんなことをしないだろう」

「いいえ」

冬霞は奥歯を嚙《か》みしめて、深々と頭をさげた。

「兄さまの遺言《ゆいごん》を守ってくださって——」

違う、と思い直した。

かたくなに自分は兄の親友ではなく仇《かたき》であると主張する緋天には、もっとふさわしい礼がある。

「兄の名誉を守ってくださって、ありがとうございました」

もし兄が毒を盛られて死んだことになっていたら、それこそ盛った犯人のいいようにその死を使われたことは目に見えている。遺体でさえ、ままならなかったのだ。

けれど、鬼の頭領に首を斬られることで、兄は最後まで鬼と戦った英雄として死ねた。そのために緋天は、毒矢を使ったという汚名もかぶろうとしてくれたのだ。

(兄さまは死んだのだ。立派に)

不意に、実感がこみあげた。

今まで霞《かすみ》のようでつかめなかったものが、猛烈な勢いで体の奥からわきあがる。

「……冬霞?」

「ち、がうのです、これは、そうではなくて」

ぼたりと畳に大粒の涙がこぼれたことに気づいて、慌てて頬《ほお》をこする。だが一度溢《あふ》れ始めたものは、どうにもおさまらない。

「わたし、あにさまに、まだ、手も、あわせていなくて」

「……首も体も、椿ノ郷に返した」

「し、知っています。でも、兄さまが死んだとわかったら騒ぎになると知らない間に勝手に処理されてしまって……だから、お墓がないのです。だから兄さまが死んだと、どうしても思えなくて」

「……」

「でも、兄さまは、死んだのですね」

それは、兄が戻ってこないことを認める言葉だった。

(もう兄さまは、わたしがこうして泣いていても、抱きしめてくださらない)

そう思ってしまうと、もうだめだった。

みっともない嗚咽《おえつ》がこみあげて、口をふさぐ。だが余計に苦しくなって、涙があとからあとからこぼれてくる。

これはだめだ。

悲しむと、緋天がきっと気にする。いっそう子ども扱いして、また冬霞を遠ざけようとするかもしれない――。

(だめ。わたしには、まだやることが)

不意にひょいっと抱きあげられた。立ちあがった緋天と目の高さが同じになる。

驚いて一瞬だけ、涙が引っこんだ。

「……雪疾と、同じにできるか、わからないが」

あやすようにとん、とん、と背中を優しくたたかれた。ぎこちないけれど、丁寧《ていねい》に、兄がいつもそうしたように。

(……どうしよう)

奥歯を噛みしめて、冬霞は緋天の胸に顔をうずめる。相手は兄ではない。ひとですらない、鬼だ。

（でもわたしは今、この方に恋をしたかもしれない）

兄はなんと答えるだろう。わからない。

そして、答えがわかる日は、永遠にこないのだ。

冬霞はそれだけを思って泣いた。

もう戻ってこない兄の穴を決して緋天で埋めてしまわないように、痛みだけを噛みしめて、今は泣き続けた。


静かになったと思ったら、冬霞は眠っていた。しかし緋天の胸元の着物をしっかりつかんだままで、離れそうにない。

しかたなく緋天は冬霞を抱いたまま寝室の灯りを消し、布団をめくりあげ、起こさないよう横たえながら自分も横になる。

（まるで子守り——実際、子どもか）

いつだって冬霞は寝ているときがいちばん子どもらしい。そう思いながら、布団をかけてやる。

（これで、さぐりまわるのをやめてくれたらいいが、無理だろうな）

子どもは何をしでかすかわからないから目を離せない、とはよく言ったものだ。

きっと雪疾をはめたのは人間だと、冬霞は気づいただろう。最初から疑っているふしさえあった。

緋天を仇なのだと思いこんでくれれば楽だったのだが、冬霞はまず兄を基準にして判断する。ある意味、子どもらしい素直さと世界の狭さだ。

「……つまり雪疾、お前のしわざか」

首を斬れと言われたときも、冬霞を娶れと言われたときも、単純に人間側に雪疾を疎《うと》む敵がいて都が危険なのだろうと思っていた。間違ってはいないのだろうが、なんとなく雪疾にはめられた気分である。

てっきり冬霞は自分を恨《うら》んでいるに違いないと思っていたのに、礼を言われるなんて思いもしなかった。

ゆっくり、右の手のひらを天井に向けてみる。

雪疾の首を斬った、手だ。冬霞が泣き出した一瞬、震えた気がした。

その意味が緋天にはわからない。

（――雪疾。お前は、どうして俺に妹を預けた。どうして――）

考えたところで、答えなど返ってくるわけもない。

嘆息《たんそく》して、持ちあげていた腕を横に投げ出す。隣で冬霞が身じろぎしたが、目をさましはしなかったらしい。ほっとした。

まだ小さな手は緋天の着物をしっかりとにぎっている。

（……兄がわりなら、なってやってもいいかもしれない）

そんなふうに考えて、目を閉じる。

今夜は久しぶりに夢も見ず、眠れる気がした。


緋天がおかしい。

足の踏み場もないほど畳の上を埋めつくした華やかな反物《たんもの》に帯、漆《うるし》の塗られた新しい下駄《げた》も数種類、可愛《かわい》らしい巾着《きんちゃく》の数々を、冬霞はじと目で見つめていた。

「こちらの白桜の文様はどうですかねえ。萌黄《もえぎ》の生地も冬霞様にお似合いですよ」

鼓巳は上機嫌だ。もみ手をしながら、これはどうかこれはどうかと次々に品を運びこんでくる。いったいどれだけ持ってきたのかと呆《あき》れるほどだった。

「こちらも都から取り寄せました、流行の形でございます。来月の春の会合に合わせてぜひ。確か櫻都には四泊のご予定ですね？　でしたら、最低でも十着ほど用意しておかねば鬼の沽券《こけん》にかかわりますな」

「そうか。では――」

「そんなにいりません」

緋天がうなずく前に、すかさず冬霞は断りを入れる。すると緋天が首をかしげた。

「気に入らないか？」

ぱっと冬霞は緋天から目をそらす。兄のことで泣き明かした夜から緋天の顔がまともに見られないのだ。いけないとは思っているのだけれど、見ているだけで心臓が鳴り出すのだからしかたない。さいわいにも鈍《にぶ》い緋天は気づいていないようで、冬霞の不自然な態度を追及することもない。

（……それはそれで腹が立つのですが）

なんという理不尽な感情だろうか、と我ながら自分にうんざりする。まるで病《やまい》だ。

絶対に流されまいと心を強くもって、立ち向かわねばならない。

「気に入らない、というわけではありません」

「なら遠慮《えんりよ》しなくていい」

「そうでございますよ。春の会合で、奥様が貧相な格好をしていては、鬼の面子《めんつ》にかかわります」

鼓巳の言うことはもっともだが、緋天が面子を気にするなんて、やはりおかしい。

冬霞はこっそり緋天の横顔を見つめる。綺麗《きれい》な顔立ちだ。きりりとした眉《まゆ》や形のいい鼻、薄い唇、すべてが凛々《りり》しく見えて、すぐにぼうっと見惚《みほ》れてしまう。

「どうした？」

「い、いえ」

緋天がまばたいたことで、初めて我に返る有様だ。いけないと言い聞かせて、冬霞は目の前の反物の山に意識を戻した。

さしあたっての問題を片づけなければならない。今からする提案は解決するために言うのであって、決して甘えているとかそういうことではないのだと、いちいち自分に確認を取って、口を開く。

「では、緋天さまが選んだものが欲しいです」

おやおやと鼓巳は大げさに目を丸くしたあとで、にやにやと見守る態勢に入る。思わず頬をそめて冬霞は鼓巳をにらむが、やはり緋天は気づかない。

緋天はそこら中に転がっている品々に目を向けて黙考していた。

ちゃんと考えてくれているらしい。慣れなのかもしれないが、ずいぶん表情は読めるようになってきた。

「なら、全部にしよう」

だが少しもその考えは読めない。

ありがとうございますと鼓巳が頭をさげる前に、冬霞は「全部はだめです」とまた断りを入れねばならなくなった。


その話を聞いて、遠羽子は笑った。

「よろしいではありませんか。御館様もやっと、結婚したという自覚が出てきたのでございましょう」

「そうでしょうか……」

絶対に何か違う気がする。

「よいことです。御館様は奥様が春の会合で恥《はじ》をかかぬよう、新しい着物などを用意してくださったのですから」

「それは……わかりますが。なんだか、大げさな気がして、正直疲れました」

大根の皮を包丁でむきながら、冬霞はため息を吐いた。

結局、冬霞が「これとこれはどちらがいいですか」と緋天に選ばせる形式でなんとか数を絞《しぼ》りこみ、春の会合に向けての装《よそお》いを一式そろえた。はたから見たら大層ほほえましい光景なのかもしれないが、ともすれば売りこんでくる鼓巳となんでもうなずこうとする緋天を止めるので、大変だったのだ。

（緋天さまはこちらの気も知らずに、なんでも似合うとおっしゃるし……）

気づいたら包丁を動かす手が止まっていて、慌てて首を横に振った。

ともかく緋天がおかしいのは間違いない。もともと優しくはあったが、今はこちらを見る目が優しいを通り越して甘くなっているのは絶対気のせいではない。

決して冬霞が自分の感情を持て余し、警戒しすぎているというわけではないと思う。

「贅沢《ぜいたく》なことをおっしゃいますねえ」

「……もし緋天さまがご自分で選んだものを贈ってくださったなら、どんな物でもとても嬉しかったと思います。ですが今は、ただ買い与えられている気がするのです。いえ、それはそれで大変ありがたいことなのですけれど……」

（まさか）

兄もそういうところがあった、と思い出してはたと気づく。

「なら会合なんか行かなきゃいいじゃないの」

そう言ったのは煉華だった。座敷に置いてあったはずのおやつが入った器《うつわ》を持ち、母屋《おもや》から台所へ続く戸口からこちらを眺めている。

綺麗な爪でおかきをつまみ、煉華は冬霞を見おろして嫌みたっぷりに笑う。

「行商を呼んで着物だのなんだのそろえたんですって？　わたしの誘いは断っておいていいご身分ね。族長会議にまで図々《ずうずう》しくのりこんできたと思ったら、まだ女中《じょちゅう》みたいなことしてるし。あんたも緋天もほんっと、何を考えてるんだか」

「……今、気づいたのですが、緋天さまはろくでもないことを考えている気がします」

冬霞の回答に煉華はおかきをつまむ手を止めた。

「……ろくでもないって。まさか緋天があんたみたいな子どもに手を出すとでも？」

「そのほうがいっそましかもしれません……あの、煉華さま。相談させていただきたいのですが、どうしたらそのように育ちますか」

「なに、育つって」

冬霞は無言で煉華の顔から下に視線を動かす。煉華もそれにつられたように視線をさげて、無言になった。

顔を埋められそうなほど豊かな胸と、綺麗にくびれた腰。煉華はとても美しいと冬霞は思う。こんな見目なら緋天もきっと——。

「……でも緋天さまが煉華さまに女性の魅力を感じているかどうかと言われると、また違うような……？」

「言うじゃないの、食糧の分際で」

思わず言葉を選ばずこぼしてしまった疑問に、煉華が口端をつり上げた。

そのまま伸びてきた綺麗な手が、冬霞の髪の毛をつかんで持ちあげる。膝立ちになった冬霞は、痛みに顔をしかめた。

「いい、調子にのらないことよ。でなきゃ鬼斬りに散々やられて鬱憤《うっぷん》ためてる連中の中に放りこんでやるから。育つ前に大人の作法《さほう》がわかるでしょうよ」

「煉華様、冬霞様にそのような」

「おだまり」

遠羽子の非難を、煉華は冷たい一瞥《いちべつ》で黙らせた。冬霞の鼻先にゆっくり顔を近づけ、赤い舌で唇を舐《な》める。間近にある煉華の狭まった瞳孔《どうこう》が、動物めいた光を放っていた。

「あんたをばらばらにして食べるのもいいでしょうね。特にこの、雪疾と同じ髪と目。きっと取り合いになるわよ。鬼切りの遺体を食べられなかった腹いせにね」

「いい加減おやめくださいませ、煉華様！」

遠羽子が体当たりするようにして煉華と冬霞の間にわってはいった。煉華は少しよろめいてうしろにさがり、冬霞は尻餅《しりもち》をつく。

「これ以上は、御館様にご報告せねばならなくなりますよ」

「なに？　緋天が私を追い出すと思うの？」

「それは……」

「別に私はいいわよ。でも困るのは、緋天のほうだと思うけれどね」

口ごもった遠羽子に勝ち誇った顔をして、煉華が小脇に抱えていたおかきの入った器を冬霞に押しつける。

「帰るわ。残り、食べていいわよ」

ひらりと軽やかに煉華が踵《きびす》を返し、出ていった。台所の板敷きの上で、遠羽子がほっと息を吐き出し、冬霞に向き直る。

「大丈夫でございますか、奥様。ああ、御髪《おぐし》が……」

「平気です」

いけませんと煉華から受け取った器を脇に置き、遠羽子が乱れた冬霞の髪をなでつけてくれる。

「御館様も、どうして煉華様の出入りを許すのやら……正室のもとへ側室が気安く出入りするなど、火種をまいているようなものです」

「緋天さまはそういうことにうといと思います」

遠羽子は否定せず、首を振ったあと、空気を切り替えるように穏やかに言った。

「お茶を淹《い》れて、一休み致しましょう。煉華様がおやつをわざわざお座敷から持ってきてくださいましたしね」

「遠羽子さんも一緒にいただきましょう」

「ありがとうございます。ですが婆《ばば》におかきはつろうございますねえ……」

「大丈夫です、鼓巳さんがお土産《みやげ》にくださった大福も入っています」

ありがたいと笑って遠羽子は手早く用意を始める。ちょうど夕餉《ゆうげ》の支度で湯をわかしてあったので、準備はすぐにととのった。

茶葉を選びながら、しみじみ遠羽子がつぶやく。

「煉華様は、御館様のお気持ちが奥様に向いて、焦っておられるのでしょうね」

そうだろうかと疑問に思ったが、煉華の沽券《こけん》に関わることだと思ったので口にはしなかった。煉華が持ってきたおかきの皿をじっと見つめながら、つぶやく。

「煉華さまが緋天さまに追い出されないとああまで自信があるのは、なぜでしょうか」

「煉華様は緋天様が苦手な事務的なことをあれこれなさっておりますし、鬼の中では本妻扱いでございますからねえ……ともかく、お茶にしましょう」

お茶を飲む前に、冬霞はたすきをはずす。するといつの間にかはさまっていたらしい紙が、はらりと落ちてきた。膝の上に落ちた紙を拾い上げる。

『調子ニノルナ』

警告ではない。今までと違って、はっきりとした害意が向けられている。

突然、目の前の遠羽子が前掛けで口を押さえて身をかがめた。

「遠羽子さん⁉」

「お、くさま……なにか、はいって……」

冷や汗をかいた遠羽子が震える口調でそれだけ言って、かけよった冬霞にぐったりともたれかかる。

その手のひらから、食べかけの大福が転げていった。

さいわい、遠羽子は味がおかしいことに気づいて大福を飲みこまなかったため、大事には至らなかった。遠羽子本人の訴えもめまいと嘔吐《おうと》感くらいで、時間が経てばおさまるだろうと言って、緋天が呼んでくれた医者はすぐ帰っていった。

「奥様に看病をしていただくなど……」

目をさますなり恐縮した遠羽子に、冬霞は首を横に振って、枕元の白湯《さゆ》を新しいものに入れ替える。

「そんなことは気にせずに、まず休んでください。……鬼の里にも人間のお医者様がいてよかったです」

「……せっかくさらってきた人間に簡単に死なれると鬼も面倒だから、医者と産婆《さんば》はどの里でも途切れることなく用意されていると聞いております」

「人の国では医者にかかれない者が大勢いるのに、なんだかおかしな話ですね」

さようでございますねえと答える遠羽子の笑顔は、まだ弱々しい。

「食べ物は吐いてしまうかもしれないので、明日までは白湯か水しか口にしないようにとのことでした。あとはゆっくり眠って、安静にしてください。明日の食事の支度《したく》や洗濯はわたしがやりますから、気にせずに」

「……奥様。あの大福には、やっぱり何か……」

体調を崩して気弱になっている遠羽子にあまり聞かせたくない話だが、気にするなというのが無理だろう。正直に、冬霞は答える。

「器《うつわ》にあった大福は全部、緋天さまに預けました。毒がしこまれていたのかどうか、しこまれていたとしたら何か、調べるのはこれからです」

遠羽子が眉《まゆ》をひそめた。

「――その……こういったことは言いたくないのですが、ひょっとして煉華様が奥様を狙ったのでは……？」

「まだ断定はできません」

「ですが、あの器を持っていらしたのは煉華様です」

「そういう考え方でいくと、あの器におかきや大福を入れて用意したのはわたしです。わたしが一番あやしくなります」

「奥様にはそのようなことをする動機がございませんでしょう」

半ば呆《あき》れた口調で遠羽子はそう言ってから、そっと声をひそめる。

「くれぐれもお気をつけくださいい、奥様。普通、女中が屋敷の奥様と同じおやつをつまむことなどないのですから、今回、先に私が口にしたことは犯人にとって誤算だったに違いありません。狙われたのは私ではなく奥様です」

そうとも言い切れないと思ったが、否定すれば遠羽子が狙われたということになり、不安を煽《あお》ってしまう。黙っている冬霞の腕を、布団の中から遠羽子がつかんだ。

「奥様がお優しいことは理解しております。ですが、ご自身の身を守るためには疑わねばならぬこともあるのです」

「ありがとう、遠羽子さん。ですが、安心してください。わたしは遠羽子さんが思うほど優しくはないと思います」

そう答えると、遠羽子はほっとした顔でゆるく首を横に振った。

「いいえ、御身を守るために警戒してくださるならそれでいいのです」

「冬霞」

襖《ふすま》の向こうから緋天の声がした。眠ってくださいと遠羽子の布団を軽く叩いて、冬霞は立ちあがり、部屋を出る。

「大丈夫か」

「遠羽子さんなら大丈夫です。お医者様も大事にはならないと言っておられましたし」

「……君は？」

「わたしは食べる前だったので」

「泣きそうだった」

遠羽子が倒れたあと、必死で走って緋天を呼びに行ったときのことだろう。

緋天にからかう意図はないのはわかっているのだが、取り乱したことを指摘されると、少し頬《ほお》が赤くなる。

「……お騒がせしました。その、さすがに……驚いて」

「ちゃんと助けを呼びにきただけ立派だ」

そう言ってひょいと緋天は冬霞を抱きあげる。

「夕餉がまだだろう」

「あ……すみません、支度の途中で」

「ちまきを買ってきた。台所のものは、いったんさけたほうがいい」

気を遣ってくれているのだ、とわかると同時にもうひとつわかった。

「……やっぱり、毒だったのですか。大福ですか?」

「白い粉がかかっていただろう。それだ。正直、どこでも手に入る」

「……入手は難しくないのですね」

なら、入手経路から犯人を特定はできない。両肩が落ちてしまった。

「しばらく、俺が毒味をする」

「緋天さまが? でも」

「鬼は人よりも毒がききにくいから平気だ。……雪疾も毒を盛られた」

はっと視線をあげた先に、緋天の横顔があった。いつもと変わらない顔だ。だが、なんとなく感じるものがある。

「……怒っていらっしゃいますか?」

「なぜ？　毒を盛られたのは俺ではない」

だから怒っていない——と緋天は言いたいのだろうが、冬霞は呆れてしまう。

「それを怒っていると言うのです」

囲炉裏《いろり》のある板敷きの間に冬霞をおろして、緋天は眉をひそめた。冬霞の言っていることがわからないらしい。

言って納得させることでもないので、冬霞は話を戻す。

「緋天さまは、わたしが狙われたと思いますか？」

「そうだろう」

「では、誰が狙ったと思いますか？　煉華さま？」

「煉華が君を狙う理由がない」

そう言う気がしていたが、本当に言った。少しばかり冷ややかになった冬霞の眼差《まなざ》しに気づいて、緋天がまばたいている。

(でも、これはいい機会かもしれない)

毒の種類から犯人を特定はできない。しこんだ経路からの特定も無理だ。自分を犯人から除外するとしても、座敷に置いてあった大福に毒の粉を振りかけるならば煉華にはもちろん、屋敷にいた緋天にもできた。あれを土産として持ってきた鼓巳だって、犯人の可能性があるのだ。

だが、手がかりはある。

何度も冬霞に届けられる文だ。犯人は近くにいることだけは間違いない。

（思惑にのりたくないと思っていたけれど……もう放置しておいてはいけない）

あの文の目的はわかりきっている。冬霞と緋天の間に不和を生じさせることだ。

それだけで満足するのか、不和の先があるのかはわからない。だが、ぐずぐず尻尾《しっぽ》を出すのを待っていては、今度は誰に何が起こるかわからない。だから、あえて罠《わな》の中に飛びこむ必要があった。あとは生き抜けるかどうかだ。

「緋天さま。そこに座ってください」

ちまきを取り出そうとしていた緋天は、冬霞が指さした場所に座った。見合う形になった冬霞は、深呼吸する。

いささか気が引けるが、いずれ緋天の口から聞かねばならなかったことだと自分を納得させて、口にする。

「緋天さまと煉華さまは、どういうご関係ですか」

「……従姉《いとこ》だ」

「約束を交わされていると煉華さまから聞きました」

「昔の話だ」

あまりに平然とした緋天の態度に、かちんとくるものがあった。

真面目《まじめ》な顔をしようとしていたのに、なぜだか笑顔になっていくのを感じる。

「そうですか。昔、言い交わされておられたのですね」

そういえば——昔、兄が言っていた。本当に腹が立つと、人は笑うのだと。

つまり、自分は今、ひょっとして腹を立てているのか。

「……昔の話だ」

今度は困惑をにじませて、緋天が繰り返した。相変わらず言葉が足りない。

だがそこを好意的に解釈してやる義理を、今はまったく感じなかった。

「わかりました」

口から出た言葉は、思いがけず冷たかった。冬霞は緋天が用意してくれたちまきを持って立ちあがる。

「自分の部屋でいただきます」

「寒いだろう」

「火鉢《ひばち》をつけますのでご心配なく」

「わかった」

当然のように抱きあげようと伸びた緋天の腕から、冬霞はさっと身を引いた。

さけられたことはわかったのか、緋天が目を丸くする。

「緋天さまは女心がわかっておりません」

「女心……」

世にも不可解な言葉を聞いたという顔をする夫をにらみながら、冬霞は繰り返す。

「わたしは子ども扱いされるのが嫌いです」

第四話

鬼の居ぬ間の里帰り

遠羽子《とわこ》は翌日には起きあがれるようになり、翌々日にはすっかり回復していた。もう少し休ませたかったが、すでに春の会合の出発準備が迫っていたので、申し訳なく思いながら仕事をしてもらった。

とはいえ、櫻都《おうと》での着替えだのなんだのは鼓巳《つつみ》を含んだ黄一族《きいちぞく》が船を使って運びこむ手はずになっている。早霧皇子《さぎりおうじ》の手配で、逢枝山《おうえだやま》の麓《ふもと》に迎えもくる。黄一族に荷を預けてしまえば、ほとんど旅支度《たびじたく》は終わりだった。

会合には世話係として遠羽子にもついてきてほしいと、冬霞《とうか》は緋天《ひてん》に頼みこんだ。緋天は了承し、徒歩より荷物と一緒に馬や船で移動するほうが老体にはましだろうと、遠羽子は鼓巳たちと一足先に出立《しゅったつ》し、そのあとは椿ノ郷《つばきのごう》の郷長《ごうちょう》の屋敷——冬霞の実家で落ち合うことになった。

「では私は先に出発致しますが……」

旅支度をすませた遠羽子が勝手口で振り向いた。最初は人間の国へ行けると喜んでいたのに、今は浮かない顔だ。

「大丈夫でございますか、奥様」

「大丈夫です。もう旅の支度はととのえましたし、わたしと緋天さまも明日には出発します。緋天さまの足ならすぐ追いつきますから」

「御館様《おやかたさま》とご一緒だから心配なのでございます。最近は寝床も別々ではありませんか。御館様と仲違《なかたが》いをされておられるのでは」

「緋天さまはちっとも気にしておられません」

しばらく自分の部屋でひとりで寝ますと言い出した冬霞に、緋天は考えこんで「……難しい年頃だからな」と答えた。意味を聞いたら絶対に腹が立ちそうだったのであえて何も問い返さず、了解してくれたことに礼を言って、別々に眠る日が続いている。

「人間との和平の前に、御館様が奥様をどうこうするとは思いませんが……結局、奥様を狙った毒についてもわからないまま、煉華様もお変わりなく出入りされてます。でも、山の麓に人間の迎えもきているなら大丈夫でしょうか……」

遠羽子は嘆息《たんそく》したあと、気を取り直したように言い直した。

「奥様の実家でお待ちしております。くれぐれもお気をつけて」

「ありがとうございます。族長の黄羅《きら》様が指揮をとってくださっているので道中は安全だと思いますけれど、遠羽子さんも気をつけて」

深々と頭をさげて、遠羽子が屋敷の外へと出る。それを見送った冬霞に、ふと背後から影がかかった。緋天だ。

「出発するぞ」

突然の切り出しに、どう対応するか悩んでいた冬霞は素で返してしまった。

「今からですか？」

「ああ。準備はできるか？」

「はい。ですが、逢枝山の麓にくる迎えとの合流予定は明日ですよね。それまでどうするのですか？」

「大丈夫だ。椿ノ郷で待つ」

誤差は一日だ。待つのが苦になる時間ではない。

とはいえ、ほとんど焦土《しょうど》と化した椿ノ郷にいったいなんの用事があるというのだろう。

考えこむ冬霞をひょいと緋天が抱きあげる。

「泊まるのは好きなところでいい」

それは、実家である椿ノ郷の屋敷に戻っていい、ということだ。

目を輝かせてしまった冬霞は、喧嘩《けんか》中であるということも忘れて急いで支度をした。

逢枝山をおりるのは緋天の足にかかればあっという間だった。

三色鳥居を出て、同じように山をおりる鼓巳たち一行を横目に追い抜き、枯れ葉を踏んで麓におりる。

逢枝山の上に昇った日を背に、冬霞は向こう岸に広がる椿ノ郷の土地を改めて見た。

ほんの数ヶ月前まで戦《いくさ》の最前線だった場所だ。川岸には使い古された高い柵《さく》がずらりと一列に並んでいる。逢枝山から椿ノ郷へと迂回《うかい》するように流れこむ山図川《さんとがわ》を、簡単にこえさせないための柵だ。ところどころに折れた矢が引っかかっていたり、破れた布がそのまま放置されている。柵の隙間《すきま》から見える向こう岸にも、同じような柵が設置されていた。

「どうやって渡るのですか？　跳ね橋はおりているのでしょうか」

「一カ所だけ、浅瀬になっていて渡れる場所がある」

そう言って緋天はまた駆け出した。柵にそって流れる川を見ながら、冬霞は川の流れが思ったより激しいことに気づく。

昔、危ないからこのあたりには近づくなとよく言われていたが、それは何も鬼が出るからだけではないようだ。

「……早霧皇子たちはどこからいらっしゃるのでしょう」

「明日になれば、跳ね橋がおりる。輿入《こしい》れのときもそうだっただろう」

行きに通ったあの大きな跳ね橋は椿ノ郷が作ったもので、椿ノ郷側からしかおろせない造りになっているのだ。

やがて足を止めた緋天が、冬霞を抱いたまま、自分の背丈の倍は軽くある柵を軽々と跳び越え、跳び越えた柵をつかんで川岸で体を支える。

一歩前は音を立てて流れる川だ。思わず、冬霞は緋天の着物をつかんだ。

「あの、これ、渡れるのですか」

「今日は大丈夫だ。水が少ない。足場もある」

どこにと聞く前に、緋天が川岸を蹴《け》って飛んだ。足元に川の流れを見ながら、冬霞は息を呑《の》む。同時に、緋天が足場と称したものを見つけた。

それは向こう岸まで、ほんの少しだけ出ている岩三つだ。

少なくとも普通の人間は足場と言わない。

（というか、鬼でも簡単に渡れるものではないのでは⁉）

だが緋天は下を見もせず、慣れた足取りで飛んだ。時折流れにのまれる足場を的確に蹴り、向こう岸の柵をつかんだと思ったら、その腕の力で綺麗《きれい》に空中で一回転を決めて柵を跳び越え、着地した。

舌を噛《か》まないよう必死で顎《あご》に力を入れていた冬霞は、うるさく鳴り始めた心臓に、生きていることを確認して、息を吐き出す。

「し、死ぬかと思いました……」

「そうだな。三途《さんず》の川とも呼ばれているから」

「なぜそんな場所をわざわざ渡ったんですか」

「今日は矢も雪疾《ゆきと》も飛んでこないし、安全だ」

「安全の基準がおかしいです。……いえ待ってください、まさか今の緋天さまと同じ方法で兄さまもこの川を渡ったのですか？」

「ここでよく戦った。一緒に流されたこともある」

真顔での解説にどっと疲れた気分になった。緋天はそもそも人間ではないが、兄も人間ではない気がしてくる。

「この川もあの足場も、そのまま残るとは限らないだろう」

「そうですね。柵もだいぶ老朽化《ろうきゅうか》してますし、作り直したほうが……」

「だから、見せておこうと思った」

ここは緋天にとって兄との思い出の場所なのだ。

それに気づいて、冬霞は緋天の肩越しにもう一度渡ってきた川を見る。

冬霞の目には川を渡るための道筋は見えなかったけれど、緋天と兄には今も、その道筋が見えているのかもしれない。

「……緋天さまはずるいです。喧嘩中だったのに」

「喧嘩？」

本当に首をかしげているので、にらんでやった。

「やはり、気づいておられなかったのですね」

「さけられているのはわかっていた」

「なら、なんとかしようと思いませんでしたか。妻が怒っているのですよ」

「怒る？　観察していたのではなくて？」

もちろん怒っているのだと返さねばならないのだが、緋天の顔を見ていると見透かされそうで言えなかった。

「危険はなさそうだから好きにさせたほうがいいと思ったが、違うのか」

視線を落とした冬霞は、首を横に振る。どうせここには自分と緋天しかいないと、腹をくくった。

「おっしゃるとおりです。観察をしていました。遠羽子さんに毒を盛った犯人を……文の差出人が誰かをさぐるために」

「わかったのか？」

「確信はないです。でも緋天さまを嫌うふりをしたら文はこなくなりましたので、安全にはなったようです。ですので、このまま喧嘩中ということにしておいてください。寝床もしばらくは別々でお願いします」

「……嫌われると一緒に床に入らないのか」

初めて気づいたという顔をする緋天に、ほんの少しだけ溜飲《りゅういん》がさがった。

「そうです。そこは覚えておいてください」

「だが、危険なことはするな。君は子どもだ」

怒ろうかと思ったが、緋天の目は真剣だった。

「君は賢い。これ以上、さぐろうとするな」

「……。ですがこのままでは、兄さまの死が緋天さまだけの責任になります。緋天さまは椿ノ郷の郷長になるのに、皆から恨《うら》まれてしまってはままなりません」

「うまくやろうなどと思っていない。頭領《とうりょう》も郷長も、どうでもいいことだ」

びっくりして冬霞は緋天の横顔を見あげる。

緋天はどこか遠くを見て言った。

「俺は戦さえ見ずにすむなら、それでいい」

「姫様——冬霞様!?」

突然呼びかけられて、我に返った。

柵から少し離れた場所にある物見台から駆けてくる人間が何人かいる。無茶な川渡りのせいで目に入っていなかったが、鬼が渡ってこないよう今も見張っていたのだろう。

そんなことをするのは、当然、椿ノ郷の人間だ。

ほとんどが何年ぶりかの顔ぶれだったが、どこか見覚えのある顔ばかりだった。緋天がおろしてくれたことに冬霞は戸惑ったが、結局、皆の元へ駆けよる。

だが、逆に皆は緋天の顔を見て顔をこわばらせた。

「赤鬼……」

「彼女をまかせてかまわないか?」

緋天の確認に、走りよってきたひとりがぎこちなくうなずく。

「ではまかせた。明日、迎えにくる」

「緋天さま、だめです!」

「姫様?」

引き止めた冬霞に皆が驚いた顔をする。だが、冬霞はまっすぐ緋天を見あげて言った。

「一緒に行きましょう」

「……用事がある」

「では、用事が終わってからきてください。椿ノ郷にある郷長の屋敷の場所はおわかりですか?」

「人の集落の方角と場所なら、大体わかるが……」

「でしたら、そこで一番大きな屋敷です。夜は必ずそちらにお戻りください」

怪訝《けげん》な顔をする緋天と、背後で戸惑っている皆の間で、冬霞は宣言する。

「緋天さまはわたしの夫です。椿臣は緋天さまの姻族です」

「……だが」

「でなければ、わたしも緋天さまについていきます。椿ノ郷の屋敷には戻りません」

緋天が端整な眉《まゆ》をよせたあと、あからさまにしかたなくという顔でうなずいた。

「わかった。夜には戻る」

そう言ってくれるならば、あとはいつも通りだ。

「いってらっしゃいませ」

「いってくる」

挨拶《あいさつ》をすませた冬霞の前から、緋天が風のように消える。

ほっと胸をなでおろした冬霞に、おそるおそる、声がかけられた。

「姫様……」

「あの方はわたしの夫です。鬼だ、兄さまの仇《かたき》だと攻撃しないよう、皆に――」

「大丈夫です姫様、椿ノ郷であの赤鬼を襲おうってような輩《やから》はおりません。あれは、あいつだけは、雪疾様しか相手にできねぇ」

そう言われて、冬霞は改めて皆の顔を見る。戸惑いや畏怖《いふ》はあるものの、敵意は感じられなかった。

「ですが姫様、まずいですよ。椿ノ郷のお屋敷には、一週間も前から都の連中がきてるんです。姫様の迎えだって」

「え……？　待ってください。わたしたちの迎えは明日です。屋敷で休まれるとしても、一週間も前からなんて、いくらなんでも早いのでは？」

「はあ。ですが早霧皇子が椿ノ郷を見たいとおっしゃって、北斎《ほくさい》様が色々、案内されておられます」

「叔父上《おじうえ》さまが……」

「なんでも、さがしものがあるとかないとかで」

――突然早く出発した緋天と、一週間も前から椿ノ郷に滞在している早霧皇子。偶然とは思えない。

眉をひそめた冬霞は、急いで屋敷に案内してくださいと告げた。

数ヶ月前、白無垢《しろむく》に着替えるためによっただけの椿ノ郷の集落は、輿入《こしい》れのときよりもにぎわいを取り戻していた。掘っ建て小屋にしか見えなかった建物が長屋に修繕《しゅうぜん》され、ところどころにかけられた灯りの数も増えている。荒れ放題だった畑は、春に向けて雑草が引き抜かれていた。

なにより、あきらかに行き交う人が増えていた。子どもの声まで聞こえる。疎開《そかい》先から皆が帰ってきているのだ。

人目をさけ、ぐるりと集落を囲む脇道から冬霞はそれを眺めていた。まだまだにぎわいとはほど遠い。けれど、少しずつでも確実に活気を取り戻してきている。

(ここに鬼が加わったなら、どうなるのだろう)

嫁入りのときは隠れるようにして出た竹藪《たけやぶ》の小道に入ると、懐かしい屋敷がすぐに見えた。すでに屋敷のあちこちに灯りがついており、台所付近から煙もあがっている。何やらにぎやかな人の声も交わされており、早霧皇子の一行がいることは確実だった。

少し考えた冬霞は、まず屋敷の裏口からこっそり叔父を呼び出してもらう。

「冬霞！　お前、よく無事で……！」

何を言うでもなく、まずひしっと叔父に抱きしめられた。小柄な姪《めい》への力加減がわかっておらず苦しいが、叔父が変わらないことにほっとする。

もう壮年にさしかかる叔父の北斎は、冬霞や雪疾の実母の弟だ。郷長になれる血筋ではないのだが、歴戦の武士として皆の尊敬を集めており、不在がちな郷長の雪疾の代理を務めることも多かった。

早霧皇子がきているのであれば、采配《さいはい》を振るうのは叔父だ。

「どうした。鬼から逃げ出してきたのか、まさか」

「い、いいえ。実家に戻りたいだろうと、早めに帰してくださったんです」

はっきりそう言われたわけではないが、緋天の思惑としてはそれもあったのだろう。

北斎は、少し目を丸くしたがなんとなく察したふうだった。

「そういえばお前の婿はあれだったなあ。雪疾とよう戦っておった」

「はい。多分それです。あとでこちらにこられると思います」

「くるのか？　この屋敷に？」

こくりとうなずくと、北斎は難しい顔をした。

「早霧皇子と鉢合《はちあ》わせしてしまうことになるぞ。いいのか?」

「……でも、わたしの夫が屋敷にくるのは当たり前です」

「だが、同じ屋敷で仲良くというのも想像しがたいし、かと言って早霧皇子を叩き出すわけにもいかん。おそらく早霧皇子の今回の訪問は、椿ノ郷へのゆさぶりだ。椿ノ郷は完全に鬼につくわけではあるまいな、という」

声をひそめた北斎にあわせて、冬霞も声をひそめた。

「そもそも、早霧皇子は何をしにこられたのですか?」

「さがしものだそうだ。刀をさがせと、皆、駆り出されておる。結局、見つからんかったんだが」

刀、と冬霞はつぶやく。

「椿ノ郷は今、どっちつかずの状態だ。郷長になる鬼はまったく顔を見せんし、櫻都は何をしたいのかわからんし、加えて儂《わし》らは人にも鬼にも思うところがありすぎる。だが雪疾がお上《かみ》に献上するはずだったものだと言われては、無視するわけにはいかん」

「兄さまが献上するはずだったもの、ですか……?」

「もとは鬼の刀だったらしい。確かに、雪疾が先代の鬼の頭領を討《う》ち取ったとき、刀を持って帰ったような気もするんだが」

――鬼喰《おにぐい》だ。

息を呑《の》んだ冬霞の前で、北斎ががりがりと頭をかく。

「なぜ今になって刀ひとつに必死になるのかわからんが、鬼との交渉に使うそうだ。黄一族以外、そういった類《たぐい》のものにつられる連中ではなさそうだがなあ」

「椿ノ郷にその刀があると、早霧皇子がおっしゃったのですか？」

「ああ。蒼一族《そういちぞく》がさがしにきただろう、と言われてな。確かに青鬼共が逢枝山から集団でおりてきたことが少し前にはあったんだが、赤鬼が……ほれ、お前の旦那《だんな》が山へ追い返したそうだ。物見台からそういう報告は受けていたが、さがし物をしにきたというより和平に反対する鬼からの襲撃かと思っておったからなあ、こっちは」

煉華《れんか》から報告を受けて、緋天が三日ほど留守にしたときの話だ。

(兄さまが鬼から奪って、鬼が頭領の証《あかし》だとさがしているもの。それを早霧皇子もさがしている……兄さまが毒を盛られた理由にはやっぱり鬼喰がかかわっている……！)

はやる胸をおさえながら冬霞は尋ねる。

「赤鬼――緋天さまは、蒼一族を追い返しただけで帰られたのですか？」

「ああ。他にも鬼がいないか物見台に聞いて回っただけで、すぐに帰った」

「では他に、逢枝山から鬼がおりてきたりは？」

「紛《まぎ》れこんだりしていることはあるかもしれんが、鬼がいるという騒ぎは聞いたことはない。鬼の事情は知らんが、あの赤鬼がおりるなと命じとるんじゃないか。これから椿ノ郷におりてくる鬼は増えるだろうが、そっちもなあ。どうするつもりなんだか、なんもかんも中途半端で、動きようがない」

だが、北斎にこちらをうかがうような気配も気負いも感じられなかった。

「叔父上さまは、椿ノ郷に鬼がくることをどう思われますか？」

「どうもこうも。我らは負けたのだ」

「……鬼を、恨《うら》んではおられないのですか」

「恨んどるぞ。息子も殺されたしな」

あっさりそう言ってから、北斎は遠い目をした。

「だがなあ、儂も殺したしな。戦《いくさ》では、我らが本当に人間なのか疑わしくなるようなこともあった」

「……鬼の里にいた人間が囮《おとり》に使われたことがあると、耳にしました」

なんだ知っとるのか、と叔父は苦笑いを浮かべた。

「そうだ。あのとき儂らは、鬼に取りこまれているかもしれんと女子どもも容赦《ようしゃ》なく斬《き》り捨てて進んだ。頭領の首を取る格好の機会だったからな。そんな我らから人を救いにきたのは、赤鬼だった。これではどちらが鬼で人なのか、わかったものではない」

「……他の皆は、どうですか」

「鬼を恨んでおる者は当然おる。だが、儂は鬼が逢枝山から川を渡って戦をしにくるよりも、嫁や婿取りにやってくるほうが、何倍もましだと思っとるよ。椿ノ郷は昔から鬼と手に手をとって逃げる悲恋話に事欠かないしな。そもそも戦が始まったのも、鳴訣山《なきわかれやま》が燃え落ちたのがきっかけだ」

北斎は笑っているが、ただ疲れているように見えた。ふと、叔父の顔にしわが増えていることに冬霞は気づく。

(叔父上さまはどれだけ、戦に心と時間を費《つい》やしたのだろう)

敵への怒りも恨みもすりつぶしてしまうような、そういう戦をしていたのだ。そのことを、冬霞は胸に刻む。忘れないように、覚えておこうと思った。

「それに都の連中はどうにも好かん。お綺麗《きれい》に飾った顔や態度に尻がもぞもぞするわ。あれが雅《みやび》とかいうものなら、鬼共のほうがよっぽど雅だぞ。毎年、美しい女鬼にころっとやられる若い衆が絶対おるんだ」

「……そういうことを堂々とおっしゃるから、櫻都から疑われてしまうのです」

「そう言うな。戦場に出とる若い男はみんなそんなもんだ。何せそれくらいしか楽しみがないんだからな。雪疾だって同じだっただろうよ」

むっと冬霞は眉根《まゆね》をよせた。

「憶測でものを言わないでください。わたしは、兄さまからそんな話は聞いてません」

「それはお前、妹にそんな話はできんだろう。あの女鬼がお気に入りだとか」

「では、どうして叔父上さまはそんな話をわたしにするんですか」

どんどん冷ややかになっていく冬霞に、叔父はにやけた顔で両腕を組んだ。

「そりゃあお前、人妻になったというならさぞ大人になったのだろうと思ってなあ」

「……。からかっておられるのですね、わかりました」

「よしよし、いいふくれっ面《つら》だ。安心した、雪疾べったりなのは変わっとらんのだな」

「わたしは別に、兄さまべったりなんてことは……」

言葉を濁《にご》らせていると、しゃがんだ北斎に、頭を乱雑になでられた。完全に子ども扱いだ。

だが冬霞がにらみ返した叔父の目は、文句を失うほど優しかった。

「変わっとらんということは、そのままのお前を許してくれる夫に嫁《とつ》いだということだろう。よかったなあ」

「……叔父上さま……」

「だが人間が皆、祝福するとは思うな。鳴訣山がどっちの手で滅《ほろ》ぼされたのかは、いまだにわからんのだ。鬼は人が滅ぼしたと言い、人は鬼が滅ぼしたと言う。――戦と一緒にすべての争いが終わるとは限らん」

「……緋天さまは、椿ノ郷に受け入れられるでしょうか」

叔父は冬霞をまっすぐ見返して答えた。

「わからん。雪疾と戦う姿を認めている者もおるし、雪疾を討ったと恨む者もおる。だが雪疾の首も遺体も綺麗なまま返した。戦を終わらせた。それは、確かだ」

「でも、兄さまには毒が……」

「雪疾に毒？　なんの話だ」

首をかしげられ、冬霞は北斎が毒の件を知らないのだと察する。

(鬼もそうだった。兄さまに毒が使われたことなんて、噂《うわさ》にもなっていない……)

「北斎殿」

柔《やわ》らかい声が、薄闇の向こうからかかった。慌てて北斎が居住まいを正す。

「早霧皇子……どうしてこのような場所に」

「酔い覚ましに庭を探索していたら、懐かしい声が聞こえたので」

砂を踏む草履《ぞうり》の音と一緒に近づいてきたその人は、冬霞を見て驚かなかった。

「久しぶりだ、冬霞。まさかここで会えるとは思わなかった」

「わたしもです。お久しぶりです」

「こんな場所では話すにも寒い。早く中に入ろう」

そう言って屋敷に入るのが当たり前のように、早霧皇子は微笑《ほほえ》んだ。


早霧皇子と顔を合わせてしまったあとだが、旅装束《たびしょうぞく》の冬霞にはまず着替えが必要だった。

手早く湯浴みをすませた冬霞は、梅の文様が入った桃色の打掛を羽織《はお》る。早霧皇子が土産《みやげ》に都から持ってきてくれたものだと聞いて正直気が引けたが、それ以外にまともな衣装が屋敷に残っていないのだから、背に腹はかえられない。

「鬼の里では、成人前の女性の衣装などろくに手に入れられぬだろう。持ってきてよかった。よく似合う」

会談には丁度《ちょうど》いい広さの部屋に冬霞が顔を伏せて入るなり、早霧皇子はそう言った。

近くの膳《ぜん》には徳利《とっくり》とお猪口《ちょこ》がふたつ、のっている。同席している北斎と飲んでいたらしい。

「君も一足早く椿ノ郷に入っていたとはな。何かあったのか？」

「夫がせっかくだからと里帰りを許してくれました」

「……鬼が？」

冷ややかな声に冬霞は気づかないふりをして、顔をあげた。

「夫と一緒にご挨拶《あいさつ》できず、申し訳ありません。夫もさがしものがあるようで」

「……」

「早霧皇子も何か、刀をさがしておられると聞きました。見つかったのですか？」

「北斎殿。冬霞とふたりきりにしてもらいたい」

早霧皇子の申し出に、北斎があからさまに顔をしかめた。

「お言葉ですが、皇子……」

「言いたいことはわかる。だが無体なことはしない。約束しよう。そうだな、四半刻ほどたっても彼女がこの部屋から出てこなければ、押し入ってきてかまわない」

「わたしはかまいません、叔父上さま」

限界まで眉を引き絞《しぼ》った北斎だが、結局嘆息《たんそく》ひとつ落として立ちあがった。では四半刻後にとしっかり釘を刺して、部屋を出ていく。

「よい叔父君だ」

「兄も、郷の者たちも信頼しております」

「今後の椿ノ郷になくてはならない人物だということだな。覚えておこう。さて冬霞。まず無事の再会を改めて祝おう」

早霧皇子はお猪口を軽く持ちあげた。お酌《しゃく》をしろということかと腰をあげたが、早霧皇子は首を横に振ってそれを制し、脇息《きょうそく》にもたれかかる。

「こうして君とふたりきりになれる時間がとれたのは僥倖《ぎょうこう》だった。それで……君の夫もさがしものをしていると？」

「わたしが勝手に思っただけですが」

「赤鬼は何をさがしているかわかるか？」

決してその名を口にするなと、緋天に強く言いつけられた。その名を人の前で口にしないのは鬼の矜持《きょうじ》である、と鼓巳は笑っていた。

つまり鬼喰《おにぐい》を人に明かすことは鬼にとって禁忌《きんき》であり、人と鬼、どちらの味方になるのかを指し示すことにもなるのだろう。

「鬼喰、というものかと存じます」

満足げに早霧皇子がうなずいた。

「私もそう思っている。……冬霞は、鬼喰について何か聞かなかったか？」

「名前以外は、まったく」

「刃の黒い、珍しい刀だそうだ。先代の頭領を討った際、君の兄が持ち帰ったところまではわかっているんだが……」

残念そうに早霧皇子が肩を落とした。

「鬼喰とはなんなのですか？」

「私は呪術方面には詳しくないのだが……名の通り鬼を喰う刀だと聞いている。鬼の生気を喰ってしまうのだと」

「鬼の生気を……」

「使い手が人間ならば、不死にもなれるそうだ。要は、鬼が人にすることと逆の現象が起こるのだと私は考えている」

それは人が鬼になるということと同じではないだろうか。

「君の兄君があの赤鬼に負けなしだったのも、鬼喰の力があったからかもしれない。もちろん、君の兄君を侮辱《ぶじょく》するつもりはない。先代頭領の青鬼を討ち取ったのは間違いなく君の兄君の実力だ。そこまで確かに鬼喰は青鬼のもとにあったのだから」

「早霧皇子はどうやって鬼喰の存在をお知りになったのですか？」

「鬼にも色々事情があるということだ、冬霞」

つまり、誰か早霧皇子に鬼の情報を流している内通者がいるのだ。

「では早霧皇子は、鬼喰を手に入れてどうなさるおつもりですか」

早霧皇子は微笑むだけだった。教えるつもりはないらしい。

「手に入れる前に、どこにあるのかまったく行方《ゆくえ》が知れない。おそらく鬼側でも把握《はあく》できていないと私は見ている。椿ノ郷にあるのだ、ということくらいしか」

「……ここに……？」

早霧皇子は酒をひとくち飲んで、首肯した。

「君の兄君は、鬼喰をそれとは知らず先代頭領から手に入れた。だがそのあとどうしたのかがわからない。隠したのか奪われたのか……ただ、先代頭領を討ってから椿臣《つばきおみ》雪疾はずっと椿ノ郷で戦っていた」

「だから椿ノ郷にあるはずだ、ということですか」

「戦線は逢枝山の麓《ふもと》、山図川《さんとがわ》のあたりだった。隠すにせよなんにせよ、椿ノ郷にあると考えるのが普通だろう。おそらく鬼側もそう考えている」

正確には『蒼一族がそう考えている』のだが、冬霞は指摘しなかった。

「冬霞。君は何か、兄君から聞いていないか」

冬霞は兄が先代頭領を討ってから自分が討たれるまでの間の出来事を思い出しながら、

ひたすら思考をめぐらせる。

ごまかしたと気づかれないようにしなければならない。緋天は嘘が下手《へた》だろうから。

「……その間であれば……兄さまと一度、櫻都でお話ししていますが……」

「何を話したか、覚えていないか？」

早霧皇子が身をのりだした。

兄は確かに言った——自分の首を取るとしたら、それは親友だと。

(兄さまはきっと気づいていたのだ。鬼喰を持っている自分が、誰かから狙われていることに。なら、いざというときは緋天さまに御首《みしるし》を渡す状況もすでに考えていたはず……思い出して。兄さまは他に、何を言っていた？)

首が取られるなんて不吉なことを言わないで欲しいと、冬霞は怒った。

——素直で可愛《かわい》いなあ、冬霞は。でもそれだけでは兄さまは心配だ。もっと、ずるい女におなり。そうすれば兄さまの秘密を預けられる。兄さまは、ずるくていい女にしか秘密を教えないんだ——

「もう一年も前ですから、あまり会話を覚えていなくて……でも秘密を隠すならどこかという話をしました」

「ほう、秘密を隠す……心当たりはあるか」

「子どもの頃、兄に内緒だと教えられた秘密基地が、鳴訣山にありました」

早霧皇子の頰《ほお》が、薄明かりの中でもはっきりわかるほど紅潮する。

「──冬霞。その話、鬼側には言っておらぬだろうな」

「はい。わたしが鬼喰という言葉を口にするだけで、激昂《げっこう》されましたので」

「さもありなん、というやつだ。日が昇ったらすぐに調べさせよう。鳴訣山だな」

「他にも何か思い出したらすぐ、お知らせします」

薄く笑った早霧皇子が、酒をあおる。

「さぞ鬼の里で苦労しただろう、冬霞。だがそれも鬼喰さえ手に入ればしまいだ。見つけ出したあかつきには、君を今度こそ私の妻として迎え入れよう」

「ですが、わたしはすでに嫁《とつ》いだ身です」

「君は今でも私にとって、未婚の女性だ」

以前の自分なら否定しにかかっただろうが、もうしない。子どもでないと主張するならば、子どもでないところを見せなければならないのだ。

「そう言っていただけること、光栄に思います。ですが、今は──」

「ああ、わかっている。今は鬼に疑われたくはない。どうか、鬼喰が見つかるまでの間はあちらの機嫌を損《そこ》ねないよう、多少のことは我慢して、仲睦《なかむつ》まじくいてくれ」

わかりましたと答えて退室してから、少し反省する。

あっさり引き下がるより、緋天を嫌がるそぶりを少しでも見せたほうがよかっただろうか。ずるい女になるには、まだ修行が足りないようだった。


冬霞は屋敷の二階の寝床で休むことになった。かつて両親が使い、両親亡きあと兄が受け継いだ寝室は広く、冬霞ひとりで使うにはがらんとしている。布団以外ほとんど物が見当たらないのは、早霧皇子の命令でのさがしものついでに没収されたからだと聞いた。

(兄さまの秘密は、ずるい女が持っている……)

横になった冬霞は、嘆息する。

薄々おかしいと思っていたことはあったが、妹としてはやはり認めがたかった。でも雪疾が妹は見逃さないと期待していたのだとしたら、その期待にはこたえたい。答えを引き当てたいが、当たっていても嬉しくないという、複雑な気分である。

ずるい女の――大人の女性への道は長い。

寝返りをうつと、こん、と雨戸が音を立てた。ふっと目をあけた冬霞の耳に、くぐもった声が届く。

「冬霞」

意識を引き戻した冬霞は慌てて飛び起きる。緋天は戻ると言っていたから、灯りはつけっぱなしにしていた。

「緋天さま」

内側から雨戸をあけると、瓦屋根《かわらやね》の上にかかった木の枝をつかみ、かがみこんでこちらを見ている緋天がいた。

「どうしてこんなところから」

「……正面から入るのは気が引けた」

「ともかく、早く中へお入りください」

緋天の手をにぎると、冷たかった。まだまだ夜は冷えこむのだ。緋天を招き入れたあとはしっかり雨戸をしめて、さきほどまでついていた火鉢《ひばち》の前に緋天を座らせた。用意しておいた緋天の夜着を広げて、羽織《はお》らせる。

「お食事もとっておられないのでしょう。用意しますので少しお待ちを」

「いや、いい。騒がれたくない。困らせる」

確かに、丑三《うしみ》つ時《どき》にばたばたするのはよろしくないだろう。だがそれだけではない。

緋天の横にすとんと腰を落として、冬霞はつぶやく。

「……早霧皇子がこの屋敷にいらっしゃっているから、正面から入らなかったのですか」

無言が冬霞の言葉を肯定していた。呆《あき》れて、冬霞は嘆息する。

「だからといって、こんな間男《まおとこ》のようなことをなさらずともいいのに」

「……間男」

反復した緋天がしかめっ面になる。ここぞとばかりに冬霞はたたみかけた。

「叔父上《おじうえ》さまには緋天さまがいらっしゃると、ちゃんと伝えてありました。なのにこんなお戻りでは、どう誤解されるか。大体こんな時間まで、何をされていたのですか。どうせお答えにならないのでしょうけれど」

「……」

「せめて明日、叔父上さまにお会いするときは、きちんとご挨拶《あいさつ》してくださいませ。でなければいらぬ誤解を受けて、余計心配されてしまいます」

「……。間男は部屋に入れないほうがいい」

やっと出てきた言葉がそれだった。呆れて冬霞は言う。

「緋天さまはわたしの夫ではありませんか」

「そうだが……」

「ひょっとして早霧皇子のことを気にされているのですか？」

沈黙が返ってきた。ますます冬霞は呆れる。初夜に早霧皇子の話を持ち出して、刺されかけたことを忘れたのだろうか。

（まさか、わたしが早霧皇子を部屋に入れると思っているのだろうか）

やはりこの夫はちっとも妻の気持ちをわかっていない。

今すぐ膝をつめてこんこんと説教をしたかったが、状況が状況だった。あえて冬霞は一呼吸置いて、言葉を選んだ。

「わたしはもう、大人の女性です。ですから、二股《ふたまた》くらいちゃんとできますので、ご心配なく」

「……意味がわからない」

冬霞自身も自分の発言の意味がわからなかったが、ここで引けない。

「わからないなら、それでよろしいではないですか。……どうせ、わたしは名目上の妻なのですから……」

そうすれば緋天が言い返さないと計算しての嫌みだったが、口にすると思いがけずぐっさりときた。以前は悔《くや》しいと思うばかりだったのに、傷つくようになるなんて、恋とはひょっとして病《やまい》のように自分を弱くするものなのか。ろくなものではない。

「……。名目上の夫は、間男と違う。だから、俺は間男ではない」

ややあって、思ったのと違う返事が返ってきた。うつむけていた顔をあげると、なんだか小難しい顔をして、緋天が口を動かす。

「間男は、早霧皇子のほうだ。そうだな」

念を押すような口調にいささか不穏なものを感じて、冬霞は前提を訂正《ていせい》する。

「そもそも、早霧皇子はわたしの部屋を訪ねてこられてませんが」

「だが、ふたりきりで話をしていただろう」

「……ひょっとして、のぞき見してらっしゃったのですか？」

「のぞき見じゃない。……着飾った君が部屋に入っていって、別の人間が出てくるのを見ていただけだ」

それをのぞき見というのではないか。

だが、ふたりきりで話していたのを見られていたならば、緋天が早霧皇子を気にするのは当然だった。疑われるようなことを先にしたのは冬霞のほうである。

「早霧皇子と何を話した？」

ふてくされたような口調で緋天に尋ねられ、冬霞は居住まいを正した。だが、口にするには少しだけ勇気が必要だ。

「……怒りませんか？」

「怒られるようなことをしたのか」

「……その……鬼喰のことについてのお話だったので」

おそるおそる冬霞は進言したのだが、緋天にきょとんとした顔で見返された。

まるでそんなこと考えてもいなかった、という顔だ。冬霞も驚いて、逆に冷静になってしまう。

「その顔はどういう意味ですか。鬼喰について口にするなとわたしを叱《しか》ったのは、緋天さまですよ」

「……ああ、すまない」

「なんに対しての謝罪ですか？」

「君が聞き入れるわけがないと思っていたので、頭からすっかり抜けていた」

そう言われると冬霞も反論できない。事実、口にするのをさけていただけで、さぐるのをやめようとはしなかった。

なんだか話が互いにずれている気がする。色々気まずい気分を切り替えるため、冬霞は咳払《せきばら》いをした。話したいのはそんなことではない。

「早霧皇子が鬼喰をさがしているので、わたしの話を聞きたがったのです。鬼喰の名前を口にしただけで緋天さまに怒られたので、名前以外何も知らないと答えました。鬼喰の隠し場所に心当たりがないか尋ねられたので、子どもの頃に兄が秘密基地を作っていた鳴訣山を候補にあげました。嘘は言っておりません。これでよかったのですよね？」

「なぜ、よかったのかなどと聞く」

「だって緋天さまは鬼喰がどこにあるか、ご存じなのでしょう」

確認する冬霞の目を、緋天がじっとのぞきこんだあとで、嘆息《たんそく》した。

「……どうしてそう思った」

夜着ごと腕を広げた緋天の懐《ふところ》に抱きこまれる。密談にはもってこいの体勢だ。

何より、こうしているとあたたかい。

「緋天さまが、本気でさがしていらっしゃらないので」

緋天はよく出かけたが、必ず夜は屋敷に帰ってきたし、必要以上に遠出もしなかった。何日も不在にしたのは、蒼一族を止めに出たというあの三日だけだ。しかも止めただけですぐに戻ったと北斎が言っていた。

「鬼喰を重要視していないから、さがさないだけだ」

「でしたら、あんなにわたしに怒らないでしょう」

「……」

「それに、煉華さまが……」

「煉華？」

緋天の問い返しに微妙な気持ちがこみあげたが、止めるわけにもいかないので続ける。

「……あれだけ緋天さまが頭領だとおっしゃっている煉華さまが、鬼喰が行方《ゆくえ》不明だというのに、のんびりかまえているのはおかしいです」

煉華は緋天と秘密を共有しているのではないかと思うと、なんとも言えない感情が渦巻《うずま》くが、こらえた。

「なるほどな……」

今は感心したような緋天の言葉を聞けただけで満足しよう。

話は終わったと冬霞は緋天の腕から抜けだそうとしたが、さらに抱きこまれた。

「緋天さま？」

「どうして雪疾がお前を娶《めと》れと言ったのか、わかった気がする」

耳元でのささやきに、瞠目《どうもく》した。

「だが、はずれだ。俺は鬼喰がどこにあるのか知らない」

「え……？」

「雪疾は教えてくれなかった。妹ならきっと見つける、と言って」

目をまん丸にした冬霞は、思わずつぶやく。

「では、わたしを娶ったのは……」

「雪疾に頼まれたからだ。嘘はついていない。……娶れと言われたあとに、鬼喰のありかは妹がきっと見つけるから、と言っていただけだ」

嘘ではなく黙っていただけだと言いたいらしい。だが緋天も言い訳めいたことを言うというのは、冬霞にとって新たな発見だった。

「それに鬼喰自体、本当に俺はどうでもいい。……どうでもよくなった」

「……でも、鬼にとって大事なものなのでは？」

「そうだ。だが人間に周知されていたわけではない。……もう少しだった。鬼を櫻都まで進軍させたところで、俺が雪疾からひそかに鬼喰を奪い返したことにする。そこで椿ノ郷を鬼の領土にすることを降伏条件に、戦《いくさ》を終わらせるつもりだった。それが雪疾との約束だった」

ゆっくりと冬霞は息を呑《の》んだ。

「兄さまは……椿ノ郷を、鬼に売るおつもりだったのですか……？」

「櫻都の連中は自分の領土まで鬼が迫ってこない限り、戦をやめようとはしない。鬼は頭領の命令が絶対だし、鬼喰さえ手元に戻れば、ひとまず納得させられる」

冬霞の額に緋天が額を落とす。触れ合うというよりは、懺悔《ざんげ》するようだった。

「親友と雪疾は言ったらしいが、俺は共犯者のつもりだった。雪疾は人間を、俺は鬼を裏切って、戦を終わらせようとしていた。俺たちでなければできないと雪疾はよく言っていたな。人間側にも鬼側にも、圧倒的な力を持った者がそろっている、今でなければと」

戦で死ぬ人間がいることや、故郷を思う気持ちを脇に置く努力は必要だったが、緋天の話をそれほど抵抗なく冬霞は呑《の》みこんだ。

椿ノ郷は鬼を滅《ほろ》ぼすか鬼に滅ぼされるための道具として扱われていることを、櫻都にいたときから感じていた。冬霞が気づいていることに、兄が気づかないはずがない。

「兄さまは戦以外で、鬼との決着をつけようとしたのですね。そして、緋天さまも兄さまの案にのった……」

「そうだ。……俺には人間の母親がいた。鳴訣山で、俺を逃がすために、自分を食えと言って、死んで……俺は母親を食って、逃げのびた。鬼は人を食って初めて、一人前の鬼になると言われている。だが俺は、人を食えない鬼になった。吐き気がするんだ。どうしても、食べられない。食べたいとも思えない」

淡々とした声に、悲しみは感じられない。だが冬霞は緋天の袖《そで》をつかんだ。そうしなければいけない気がした。

「そのせいで、鬼とも距離があった。だからずっと戦にも出なかった。だが人が囮《おとり》にされるあの策も、雪疾によって一方的に鬼が殺されていく光景も、どうしても受け入れがたくて、気づいたら頭領になっていた。それだけだ。だが、一度見てしまえばもう戦から逃げられなかった。ただ戦が嫌だった。母親と逃げ惑った光景が、脳裏《のうり》をかすめて」

今までの言葉の少なさが嘘のように、緋天は吐き出し続ける。

「ただ、戦を終わらせる方法を考えていたわけじゃない。思いつきもしなかった。そこへ雪疾が、鬼喰を持って取引を持ちかけてきた」

「……兄さまも、戦を終わらせたかったのですね」

「もちろんすぐには信じられなかったし、本気で殺し合いもした。雪疾も決して俺に鬼喰を渡そうとはしなかった。でも、俺に信じてもらえるまではと、鬼喰のことを櫻都にも報告せず誰からも伏せて隠していた。おかげで、人間に知られずにすんでいた」

「でも、鬼喰を狙う連中が、兄さまを殺して鬼喰を奪おうとした……」

「そう思うか？」

尋ね返されて、冬霞は思わずまばたいた。

「それ以外にあるのですか？」

「……俺は、わからないんだ。雪疾があなったのは、十中八九、鬼喰が原因だというのはわかる。そして鬼ではなく、人の罠《わな》にかかったんだろう。だがどうして、雪疾は鬼喰を人に渡さなかったんだ」

自分に、ではなく人に、という言葉に冬霞が顔をあげようとすると、すれ違いのように緋天が冬霞の肩に顔をうずめた。

「渡してしまえばよかったんだ。——俺は親友だなんて思ってなかった」

「緋天さま」

「渡せば、俺が取り返しに行った。……あんな終わりにならずに、すんだのに」

それは兄に生きていて欲しかったという、まじりけのない願いだった。冬霞のまぶたから涙が盛りあがる。

兄を悼《いた》んで出たものではなかった。

悲しかったのだ。緋天がまだ兄の首を落としたときのまま、そこで立ち尽くしている気がして。きっと、緋天が母親を食ったときと同じように。

(兄さまはなんて残酷《ざんこく》なことを、緋天さまに願ったのだろう)

あの兄が、緋天がこうなってしまうことを、わからないはずがなかっただろうに。

「……緋天さま。兄さまに毒を盛った犯人を、ちゃんと見つけましょう」

「興味がない。雪疾の首を落としたのは」

「わかっています。緋天さまです。兄さまに毒を盛った犯人を見つけたところで、もう兄さまは戻らないことも、わかっています。でも、このままではだめです」

唇を嚙《か》んで涙を止めた冬霞は、床に落ちている緋天の手を取った。まだ冷えていて、思ったほどあたたまっていない。

「だって、おかしいです。緋天さまがこんなに苦しんでいるのに、一番の原因を作った犯人が、素知らぬ顔で生きている。そんなのおかしい」

「……それは……」

「兄さまを毒で殺そうとするような犯人です。鬼喰を手に入れるために、この先も誰かを平気で犠牲《ぎせい》にするでしょう。そんな相手が鬼喰を手に入れてしまったら、鬼だって椿ノ郷だってどうなるかわからない。だから兄さまは、鬼喰を渡さなかったんです」

緋天が冬霞の手を、思わずといったように握り返した。

手のひらは、あたたまり始めていた。

「わたしはわかりました。兄さまが、緋天さまにわたしを娶れと言った理由が。緋天さまを、ひとりにしないためです。そして、わたしをひとりにしないためです」

ふっと緋天が冬霞の肩から顔をあげた。夜着の中で不思議そうに見つめる緋天に、精一杯冬霞は微笑《ほほえ》みを返す。

「兄さまは、戦を終わらせるために頑張ったんです。ならば、終わらせましょう。今度はわたしと、緋天さまで」

「……君と？」

うなずき返して、緋天の手を両手で握る。

「緋天さま。鬼の方々は兄さまのことを、鬼斬《おにぎ》りと呼んでいました。でもわたしは緋天さま以外に、兄さまのことを雪疾と呼ぶ鬼を知っています」

もう、悔《くや》しいとは思わなかった。自分は雪疾の妹だけれど、今は緋天の妻だからだ。

「鬼喰を兄さまから預かっているのは、煉華さまです」

緋天が瞠目した。煉華が鬼斬りではなく雪疾と呼ぶ意味を、可能性を、考えたことがなかったらしい。

「わたしを初めて見たとき、兄さまの名前を呼んでいました。わたしを見て兄さまを連想するということは、間違いなく面識があると思います」

「……煉華は戦場に出ていない。いったいどこで、いつから」

「気づかなかっただけでは？　緋天さまは、男女の機微《きび》にうといです」

相当衝撃だったのか、緋天は言われるままになっている。ちょっと冬霞はすねたい気持ちになった。

「わたしだって複雑なんです。兄さまにそんな方がいたなんて。しかも緋天さまの嫁候補だなんて、どういう状況ですか」

「……」

「だからわたしだって、今からずるい女になります」

しばしの沈黙ののち、緋天は今までいちばん理解できないという顔をした。


目を丸くした叔父《おじ》に、すまし顔のまま冬霞は朝の挨拶《あいさつ》をした。

「おはようございます、叔父上さま」

ここにくるまで廊下《ろうか》ですれ違った者たちと同じように、緋天に抱きあげられている冬霞を北斎はぽかんと口をあけてまじまじと見たあと、口を動かす。

「お、おはよう冬霞。……あー、そちらの御仁《ごじん》は」

「緋天さまです。緋天さま、叔父の北斎さまです」

朝餉《あさげ》をとる部屋に入った緋天と、座布団の上に座っている北斎の視線が交差した。叔父が緊張するのが冬霞にも伝わったが、緋天は一瞥《いちべつ》しただけでふいっと視線をそらす。

「知っている」

「そうなのですか？」

「山図川に落ちそうになっていたのを見た」

「お前は雪疾と一緒にその川に落ちてどんぶら流されていっただろうが！」

北斎が怒鳴ってから気まずそうに咳払《せきばら》いをする。緋天はいつもどおり、何を考えているかわからない顔で冬霞を畳《たたみ》の上におろした。

いささか慌てて、屋敷の年若い女中《じょちゅう》が座布団を持ってくる。冬霞は緋天の分も朝餉を用意するようお願いしていたのだが、本当にくるとは思っていなかったのだろう。女中は緋天に目を向けられてびくりとしていたが、緋天自身は気にしたふうもない。

「緋天さま。今日は、遠羽子さんたちと合流次第、会合に向けて櫻都に出発します」

こくりと緋天はうなずき返し、冬霞を軽く抱きあげて、座布団の上に座らせた。つい、言うまいと思っていた言葉が口をつく。

「前々から思っていたのですが、わたしは荷物ではありません」

「知っている」

「だったら気軽に持ちあげたりおろしたりしないでください」

ちょっと考えてから、緋天は言った。

「嫌ならやめよう」

「……別に嫌だとは申しておりませんが、わたしは子どもではないのです。ただ、時と場所を考えて――いえいいです、なんでもないです……」

「そうか」

　北斎や屋敷の者たちが固唾《かたず》を呑《の》んで見ていることに決まり悪くなって冬霞は口をつぐんだのだが、肝心《かんじん》の緋天はどこ吹く風だ。

（もう少しご自分がどう見られているか、気にしてほしい）

だが、緋天に座布団を渡して廊下に戻った女中が、廊下でひしめき合っている他の女中たちと色めき合ってることにも気づいていないから、よしとしよう。

「おはよう、北斎殿。冬霞」

　廊下の奥から従者を連れて、早霧皇子が姿を現した。昨夜と同じ簡素な狩衣《かりぎぬ》姿だが、樺《かば》桜《ざくら》の重ね色目がしゃれている。髪もきちっと整えて立烏帽子《たてえぼし》をかぶっているので、気品もまったく損《そこ》なわれていない。

　ちょっとだけ、隣にいる緋天にせめて袴《はかま》くらいはかせるべきだったかと後悔《こうかい》した。いつも乱雑に結んでいる帯は貝の口で締めさせたが、適当にくくっているだけの髪もすいて整えるべきだったかもしれない。せっかく艶《つや》のある綺麗《きれい》な黒髪をしているのに――。

「冬霞？」

「し、失礼しました。おはようございます、早霧皇子」

悶々《もんもん》と考えこんでいたせいで反応が遅れてしまった。早霧皇子が隣の緋天を見ていることに気づいて、紹介する。

「夫の緋天です」

「……なるほど、屋敷の女が色めき立つはずだ。鬼は強い者ほど美しいというのは、まこと厄介《やっかい》なことよ」

ぱちんと蝙蝠扇《かわほりおうぎ》を鳴らし、早霧皇子は薄く笑う。

「櫻都への案内をお上《かみ》より命じられた。会談の実質的な取り仕切りも、私が請《う》け負っている。お見知りおき願おう。会談前からこうして朝餉を共にするのも、冬霞のはからいだと思えば悪くない」

口調には含むものがあるが、口上としては悪くない。どうせ緋天は無視だろうと思っていると、じっと早霧皇子を見ていた緋天が口を動かした。

「男に美しいと言われても嬉しくない」

まさかの返しに冬霞はぽかんとしてしまう。早霧皇子も目を丸くしていた。だがすぐにおかしそうに笑う。

「それはそうだな。失礼した。誤解しないでほしいのだが、そういった趣味はない」

「なら、冬霞を呼び捨てにするな」

扇を広げて笑いを隠そうとしていた早霧皇子の目が眇《すが》められる。びっくりした冬霞は慌てて腰をあげた。

「さ、早霧皇子！　あの、少しお話があります。こちらへ」

ぐいぐいと体を押して早霧皇子をせかす。早霧皇子は口元を緩めて前へと歩を進めてくれた。こちらをのぞき見ている女中たちを追い払い、人気《ひとけ》のない廊下の角で立ち止まる。

「なかなか、気難しそうな夫だな」

第一声にまじる皮肉とさぐりに、冬霞は眉尻をさげる。

「仲睦《なかむつ》まじくとおっしゃったのは早霧皇子です」

「だがあれだけ美しい顔した男が夫ならば、君も悪い気はすまい」

「ですが鬼です。……兄の首を落とした、鬼です」

噛みしめるように繰り返すと、早霧皇子は唇を引き結んで、両肩をさげた。

「そうだったな。すまない。——私としたことが、せんないことを」

首を横に振って、冬霞は声をひそめて本題に入る。

「鳴訣山の件は、どうなりましたか」

「朝一番で、信頼できる部下たちだけで出発させた」

「ですがもう、櫻都へ出発しなければならないでしょう。和平が結ばれれば、正式に鬼が郷長《ごうちょう》になってしまいます。人の立ち入りが制限されてしまうかもしれません」

「何、大丈夫だ。そちらの手は打った」

ぱちりと扇を閉じて早霧皇子が微笑む。知らず、冬霞の背筋に冷や汗がにじんだ。

「そんなことより、他に何か思い出したことは?」

この皇子は、冬霞を子どもだと侮《あなど》っている。だがそれは、冬霞を信じているという意味ではない。

さぐるその目に否《いや》が応《おう》でも、自分の非力さが浮かびあがる。

「……手がかりになるかはわかりませんが、兄さまに馬で連れていってもらった場所は、山なのに木も何もなく、開けていました」

「平地だったと?」

「積み石があったり。……あれは……焼け跡だった、気がします」

言いながらうつむく。ひょっとして、兄の秘密基地は、緋天が生まれ育った場所だったのではないだろうか。

同じ結論に早霧皇子もたどり着いたらしい。

「重点的にさがすように使者を出しておく」

「はい……」

「何かあれば、また教えてくれ」

「あ、あの。早霧皇子、今日の出発は……」

「心配することはない。すぐわかる。――長々と話しているのはまずいだろう。私は先に戻る」

ひらりと狩衣の裾《すそ》をひるがえして、早霧皇子がきた道を戻っていく。すぐに逆方向の玄関のほうがにぎやかになった。

遠羽子たちが到着したのだろうと思っていた冬霞だったが、焦った声や人を呼ぶ声が歓迎の空気とは不似合いだった。怪訝《けげん》に思って玄関へ向かう間にも、どんどん騒がしくなっていく。

「緋天様はどちらに⁉」

「鼓巳さん？　遠羽子さんも……」

「奥様！　ああ、御館様《おやかたさま》も……！」

遠羽子が冬霞を見るなり、すがりついてくる。騒ぎに気づいて別の方向から現れた緋天に、真っ青な顔で鼓巳が膝を折った。

「ご報告申し上げます緋天様。蒼一族が兵を起こしました」

「兵？　そんな予定は聞いていない」

「ええ、ええ、そうでございましょう。ですが、我々櫻都に向かう黄一族の一団は、黄羅《きら》様を筆頭に大勢が捕らえられてしまいました。なんとか山図川の跳ね橋をあげて、某《それがし》とそこの女中のみ、這々《ほうほう》の体《てい》でここまで逃げてきたのです。緋天様を頭領とは認めぬ。ゆえに和平も認めぬと、青牙《せいが》様がおっしゃるのを耳にしました——これは……これは……！」

——鬼の反乱だ。

震える鼓巳の言葉の先を、誰もが察しながら呑みこむ。

遅れて奥から出てきた早霧皇子は扇を口元で覆《おお》い、目だけで笑っていた。

第五話

鬼さんこちら、恋語れ

鼓巳《つつみ》たちが言っている状況の裏はすぐにとれた。屋敷に二羽、足に文《ふみ》をくくりつけられた伝書鳩《でんしょばと》が飛んできたからだ。

文は緋天《ひてん》宛《あ》てと人宛てにわけて当てられた書状であり、青牙《せいが》の宣戦布告だった。

「我々人に対して書いてあることも、内容は同じだ。和平は認めないので、椿ノ郷《つばきのごう》から櫻《おう》都《と》へ攻め入ると律儀《りちぎ》に宣告してある。こちらも椿ノ郷から一歩でも他の郷や櫻都に鬼が入った場合は兵を出さざるを得ない。和平の話もこれではできない」

そうなるだろうということを、そのとおりに早霧皇子《さぎりおうじ》は言った。対する緋天は冷静に確認する。

「では椿ノ郷の中でこの話をおさめれば、問題ないか」

「もちろん。椿ノ郷は今、鬼の領土だ。我々人間は関与しない」

「……落ち着いていらっしゃる。ここが突破されれば、櫻都に攻めこまれるかもしれないのに」

皮肉ったのは北斎《ほくさい》だった。だが早霧皇子は薄く笑い返した。

「鬼の頭領《とうりょう》は大層強いと聞いている。鬼斬《おにぎ》りと呼ばれた椿臣雪疾《つばきおみゆきと》も討《う》っている。その頭領が青鬼共を退治してくれるのだ。何も心配はないではないか」

鬼同士、潰《つぶ》し合ってくれるならば上々だと言いたいのだろう。

「だが、念のためだ。我々も撤退の準備はしておく。都にも報告を出そう」

書状を畳《たたみ》の上に投げ捨てた早霧皇子に、北斎が誰よりも苦い顔をしていた。北斎の心情が、冬霞《とうか》には手に取るようにわかる。

反乱のあとに残るのは、同族争いで潰し合った鬼と、疲弊《ひへい》しきった椿ノ郷。いくらぬるま湯に浸かってきた櫻都や他の郷の兵でも、十分に勝ち目がある。大軍で攻めこまれたら椿ノ郷はひとたまりもない。

今の状況は、朝廷にとってまとめて面倒なものを叩き潰す、格好の機会なのだ。

「できるだけ早く、椿ノ郷の内輪もめを片づけてくれ」

そう言って、早霧皇子は供に馬の用意を命じた。撤退と言っているが、混乱に乗じて堂々と手勢を率《ひき》いて鳴訣山《なきわかれやま》の捜索へ向かうつもりなのだろう。

北斎たちは、ただ黙々と準備を整えた。鬼の反乱といっても、蒼一族《そういちぞく》の軍勢が攻めこんできているのは椿ノ郷だ。素通りですむわけがないことを、何よりここで和平が破綻《はたん》すればどうなるかを、椿ノ郷の人間はよくわかっている。早霧皇子の態度などいつものこととしか思わないのだろう。

冬霞にも感傷に浸っている時間はなかった。

「緋天さま……！」

やっと探し出した緋天は、なぜか人気《ひとけ》のない裏庭にいて漆喰《しっくい》の壁を見あげていた。急いで駆けよった冬霞にまばたき、向き直る。

「屋敷にいろ、危険だ」

「わ、わかっています。わかっていますけれど、すみません……わたしのせいかもしれません。青牙様のこと」

緋天が視線で話の先をうながした。ぎゅっと胸の前で拳をにぎり、冬霞は続ける。

「……早霧皇子が、何か情報を流したのかもしれません。だから青牙様が反乱なんてことを起こしたのかもしれないんです……わたしが早霧皇子を考えなしに煽《あお》ったから、ここで捜索を続けるために」

「冬霞」

「申し訳ございません……早霧皇子が鬼の情報を手に入れているということは、逆に鬼側に情報を流せる伝手《つて》があるということだったのに」

緋天がしゃがみこんだ。目の高さが同じになる。

「反乱は、いつ起こってもおかしくなかった。今だっただけだ」

「……でも」

「俺は今から、取りに行ってくる」

何をと言わない緋天の言葉に、顔をあげた。冬霞の目を緋天がまっすぐ見返した。

「反乱を止めるために今、必要だ」

「……はい」

「人間たちにはこらえてもらうことになる」

「わたしから叔父上《おじうえ》さまに、緋天さまは緋一族の援軍を呼びに行ったと説明しておきます」

「ああ。君は、頭がいいな」

ぽんと頭を軽くなでられた。

「夕刻までにはすべてことをおさめて、屋敷に戻れると思う」

子ども扱いしないでくれという言葉を呑《の》みこんで、胸をはった。

「お待ちしております、いってらっしゃいませ」

「いってくる」

　ざっと風が吹いたと思ったら、緋天の姿はもう壁の向こうに消えていた。すぐ冬霞は踵《きびす》を返そうとして、人影にぎくりとする。

「遠羽子さん……」

「奥様、どこへ行かれたかと……！　御館様もいらっしゃらないし」

「叔父上さまのところへ行きます。説明をしないと」

「奥様のお身内なら、みんな出てしまわれましたよ。御館様を待っていられないと」

　冬霞は眉《まゆ》をひそめた。緋天が反乱を止める気があると伝えておかないと、今後の関係にひびくだろう。

「鼓巳さんは？　あの方に伝言を頼みます。緋天さまは緋一族の援軍を呼びに行っただけで、きちんと戻ってらっしゃるからと……」

「奥様」

　遠羽子の前を通りすぎようとしていた冬霞は、呼びかけに足を止めてしまった。

「御館様は、援軍を呼びに行ったのでございますか」

「……はい」

「こんなときに？　黄一族《きいちぞく》の鬼を援軍の伝令に走らせて、御館様は戦場におられたほうがよかったのではと思ってしまうのですが……」

「――いいえ」

冬霞は遠羽子に向き直り、その顔を見ながら首を横に振った。

「緋天さまのほうが速いでしょう」

じっと遠羽子は冬霞を見返したあと、いつも通り微笑《ほほえ》み返した。

「では、黄一族の鬼をさがしましょう」


遠羽子の言うとおり、北斎たちはすでに出発してしまっていた。早霧皇子たちも見回りと称して出ていったらしく、姿が見えない。

人がいなくなると途端に広く感じる屋敷をさがし回り、やっと見つけた鼓巳は台所の土間で勝手に握り飯を食べていた。

「戦場に戻れとおっしゃいますか、某に。黄鬼は人と大して変わらぬ弱小鬼だと何度も申しましたでしょうに」

「でも、人間よりは足は速いでしょう」

「だが、馬よりは遅いですなあ」

「椿ノ郷は今、人手がないんです。他に頼める人間がいません」

雪疾不在で鬼と戦うときは、常に総力戦になる。今回の相手は蒼一族だけだが、それでも余剰《よじょう》の人手などこの椿ノ郷には残されていない。

「ですがほれ、緋一族の援軍がくることなど、大した情報ではないでしょう。某が命をかけるものではありません」

「皆の士気にかかわります」

「なら緋天様が御自ら戦線に立たれるほうが、よっぽどよろしいですよ。大体、黄一族とてもはや敵か味方かわかりませぬ。黄羅《きら》様が青牙様に懐柔《かいじゅう》されれば、某だって立場が難しくなります。黄一族の本領は物資や情報での支援ですからね。この状況でそんな情報を届けたところで、役に立たぬことも」

「見返りならあります」

あからさまにのらりくらりかわそうとしていた鼓巳が、目を光らせた。ついてきた遠羽子がはらはらしたようにうしろから見ているが、かまわなかった。

すっと冬霞は袖《そで》から折りたたんだだけの紙を取り出し、畳の上に置く。

「この情報の使い方は、あなたに任せます」

「では読ませていただいても？」

「どうぞ」

水瓶《みずがめ》から酌《しゃく》で水をすくって手を洗ってから、鼓巳は板敷きに座っている冬霞と向き合うのではなく、並ぶようにして座る。

そして折りたたまれた紙を開いて、細い両眼をみはった。急いで紙を折りたたみ、まず深呼吸をする。そして警戒した目で、冬霞を見た。

「冗談ではすまぬことですよ」

「冗談ではないので、大丈夫です」

「では、緋天様はご承知おきのことですか？」

冬霞は素直に首を横に振った。

「ここであなたに知らせることについては、許可をいただいていません。ですが、緋天さまを止められる者はいないでしょう。遅かれ早かれだと判断しました」

「なら早いほうが無駄な争いをせずにすむ、というわけですな。なるほど……立ち回りによっては確かに某《それがし》にはいいことだらけですな。青牙様の鼻をあかしてやれるし、黄羅様も某を無視できなくなりましょう」

顎《あご》をなでて、鼓巳は内容を吟味《ぎんみ》したあと、値踏みするような目をこちらに向けた。

「しかしこれが誤報であった場合、奥様の命の保証はできかねます。それでも？」

「かまいません」

「奥様、いったいなんのお話なんですか」

「知らないほうがよろしいですよ。なにせ、知った人間は生かしておけぬというのが鬼の基本方針ですのでね。もちろん例外はありましょうが、あくまで例外です」

わざとらしく冬霞の書いた紙をつまみ、ふっと息を吹きかける。ぼっと音を立てて紙が燃え上がる。弱い弱いと自称しているが鼓巳も鬼なのだ。

「まあ雑鬼といえども、これくらいの鬼火ならばね」

わざわざ呪力を使って見せたのは、人間には知られてはならぬことなのだという脅《おど》しめいた念押しだ。しかし、冬霞はその鬼の頭領である緋天の妻である。

うろたえも脅えも見せずにただじっと返事を待っていると、鼓巳がにこりと笑った。

「わかりました。これを報酬《ほうしゅう》に、なんでしたかなあの人間――北斎殿。そちらへの伝令役を承《うけたまわ》りましょう。はてさて、もう少し動きやすい格好に着替えますか」

「お願いします。遠羽子さん、すぐに鼓巳さんに荷物を用意してあげてください」

「……わかりました」

遠羽子が席を外す。足音が遠ざかるまで待ってから、冬霞は鼓巳に向き直った。何か感じ取ったらしい鼓巳も、少しだけ体を傾けてくれる。

「早霧皇子も知ってはならないことをご存じです」

鼓巳は視線を鋭くすると同時に、嘆息《たんそく》した。

「なるほど、では蒼一族は泳がされましたか。まったく、なんとまぬけな青鬼。黄一族に金を払うのを渋るからこのようなことになる」

「このままでは早霧皇子のひとり勝ちです。どうにか兵がぶつかる前にことをすませてください。誤解ですんだほうが禍根《かこん》が残りません」

「奥様。某、我ながらいい目利《めき》きをしているなあと思っております」

鼓巳は意味深な返答を残して、すぐに支度《したく》にかかってくれた。

せめて見送るため玄関で待っていようと思った冬霞は、ふと通りがかった座敷に書状が落ちていることに気づいた。

拾いあげると、青牙が人間に向けてしたためた宣戦布告の書状だった。力強い筆跡はなかなか美麗《びれい》で、教養の高さが垣間《かいま》見《み》える。

(わかってくださるといいけれど)

どちらにせよこんなところに放っておくものではない。

冬霞は書状を懐《ふところ》に入れ、玄関へ向かった。

＊

緋天は最短の道、すなわち橋ではなく山図川《さんとがわ》を跳ぶほうを選んだ。

（跳ね橋があげられたのは、不幸中の幸いだな）

青牙は先に少数の鬼に山図川を渡らせ、跳ね橋をおろすつもりらしかった。ちょうど川を渡ってきた鬼を三匹叩きのめし、全員を逢枝山《おうえだやま》の中腹に捨て置く。これで蒼一族の軍が川を渡るには、もう少し時間がかかるだろう。跳ね橋をおろす鬼が戻ってこなければ警戒もするだろうし、人の軍勢がやってきて邪魔が入れば、川を渡ることも難しくなる。

だが、犠牲《ぎせい》を出さずにことをおさめるなら、せいぜい半刻ほどしか余裕はない。一気に速度をあげる。一番の問題は、煉華《れんか》がどこにいるかだ。

緋一族に招集をかけるとしても、援軍に向かわせるか煉華の捜索を優先するか。いやそもそも、自分は煉華がいなければ招集をどうかければいいか、どの鬼に指揮をまかせればいいかも、わからないのだ。今更そんなことに気づいて、足を止める。

「……これは、頭領失格だな……」

蒼一族の――青牙の怒りが、理解できた気がした。

戦《いくさ》をやめれば、鬼にも利益をもたらすだろう。だが、緋天はただ戦を見たくなかっただけで、鬼の未来など見ていなかった。

だから、戦に懸《か》けた鬼たちの矜持《きょうじ》も犠牲も、おもいやろうとしなかった。

だから、人間に渡してはならない鬼喰《おにぐい》でさえ、自分の強さがあればいいとどこか軽んじて、行方《ゆくえ》を真剣にさがそうとしなかった。

青牙はそんな緋天の態度に一番、腹を立てていたのではないか。

だが今は落ちこんでいる場合ではない。三色鳥居の彼岸花《ひがんばな》を踏み潰《つぶ》さないようおりたって、深呼吸してから駆け出そうとしたそのときだった。

三色鳥居の内側から、からころと音がする。朱の鳥居からだった。誰かがあがってくるのだと見ていると、相手も目を丸くしていた。

「緋天。櫻都に行ったんじゃないの」

「……煉華」

柄杓《ひしゃく》の入った手桶《ておけ》と、白い菊を腕に抱えて、煉華が石畳《いしだたみ》の階段を登りきる。

「どうしたの、こんなところで」

「鬼喰を渡してくれ」

どの季節だろうと乱れ咲く彼岸花が風にゆれた。少し遅れて、煉華が笑う。

「何を言い出すのよ。私が鬼喰を持っているわけが――」

「冬霞が言っていた。雪疾から鬼喰を預かっているのはお前だと」

煉華が沈黙した。その腕の中で、白い菊がゆれている。

「時間がないんだ。青牙が反乱を起こした」

「――ふぅん、蒼一族が。緋天は甘かったものね、いつも」

赤い唇が弧を描く。緋天はそのまま肯定した。

「反省している。俺が甘かった」

「少し変わったのね、緋天。――あの小娘のおかげかしら」

「今は時間がない。どこにあるんだ、煉華。あれがあれば、戦を止められる」

「でも女心がわからないのは、相変わらずなのね。……そうよ、緋天。鬼喰は私が持っている。雪疾から預かったわ。妹がきっと私が持っていることを突き止めるだろうから、そのときは緋天に鬼喰を渡してくれって頼まれたの」

いつの間にとかどうしてとか、そんなことを問うている時間は今はなかった。

「だったらすぐに」

「でも私にだって、思うことはあるのよ。――緋天、問題よ。私は今からどこへ行くつもりだったと思う？」

そう言って煉華は楽しそうに一歩踏み出す。

「行き先を当てられたら、鬼喰を渡してあげる。緋天は力ずくで奪うなんてできないでしょうしね」

「……なぜ、そんなことになる」

「雪疾の期待どおり、あの小娘が、鬼喰は私が持っていると見破った。だからって素直に渡すのは、私だって癪《しゃく》なの。だってねえ、雪疾は私が言うことをきくって、疑いもしなかったのよ。ほとんど話したこともないくせに、あの男」

緋天は、幼い頃から知っている従姉《いとこ》をじっと見た。持っているのは、手桶に柄杓。それに白菊――墓参りだ。それはわかる。この話の流れで当てろというのだから、雪疾の墓参りなのだろう。

だが、雪疾の墓はどこにもないと、冬霞は言っていた。

「名前を呼んでくれたのも、最後に会った一度きりのくせに、どうして……」

冬霞が鬼喰の場所を雪疾の期待どおり引き当てたことが、煉華は気に入らない。女心なんてさっぱりわからないが、煉華が今抱いているその感情はわかる気がした。

「わからない？　ならついてくる？　急いでるところ申し訳ないけれど」

「……鳴訣山だ」

ぴくりと煉華が眉《まゆ》を動かした。

「正確には、そこにあった里の跡地だろう。――鬼と人が結ばれることが許される、唯一の場所だ」

そこに思い出があるのか、煉華の願いだけがあるのかは、わからない。

煉華はしばらくじっと黙ったまま動かなかった。時間がないことはわかっていたが、緋天は待った。

それは気づかなかったことへの、懺悔《ざんげ》でもあった。

やがて煉華が嘆息を落とす。そしていつもの茶目っ気たっぷりの笑顔で、自分の懐に手を入れた。

＊

玄関に遠羽子《とわこ》の姿はなく、荷物だけが置いてあった。野良着姿でやってきた鼓巳は中身を簡単に確認し草鞋《わらじ》を履《は》いて、それを背負う。

「ではいってまいりま――……」

途中で言葉を止めた鼓巳に、冬霞はまばたく。だが鼓巳は厳しい顔をして振り向いた。

「屋敷に——いや、外へ出ましょう、奥様」

「何かあったのですか」

「音が聞こえます。村に入ったところですが、蹄《ひづめ》の音と……あの人間の皇子ですな、どうやらお怒りのようだ」

「早霧皇子が戻ってきたのですか？　どうして」

「ともかくこちらへ」

言われるがままに外へ出され、庭からぐるりと屋敷の裏手へ向かう。その間も鼓巳はずっと険しい顔をしていた。

「奥様、細かく内容を聞き取れませんが、あの皇子をたばかりましたか」

「は、はい。でも簡単にわかるはずがありません」

ないものをないと判断するまでさがすのは、時間がかかる。早霧皇子が屋敷を出たのは半刻前だ。鳴訣山にたどり着いてもいないだろう。しかも鬼喰がなかったからと言って、すぐに冬霞がたばかったとは言えないはずだ。

「某《それがし》、耳はいいほうですがこうも雑音が多くては……とにかく今、屋敷周りが囲まれようとしていることは確かです。村の出入り口も見張りを立たせている。私と逃げますよ、ここから」

「ま、待ってください。わたしが足手まといで鼓巳さんの足が遅れます」

「この際、仕方ありますまい」

「ですが逃げ切れない可能性が高いです。だったらわたしはこの屋敷で待っています」

裏口をあけた鼓巳に、冬霞は羽織《はお》っていた桃色の打掛を脱いで押しつける。早霧皇子から贈られた打掛だ。冬霞の着物だとわかるだろう。

「荷物にこれをかぶせて、私を抱えて逃げているように見せかけてください。わたしは助けがくるまでこの屋敷で、隠れて待っています」

外や裏山に逃げるのは愚策《ぐさく》だ。子どもの冬霞では足が遅いし、体力もすぐ尽きる。大人の足で、しかも何人にも追いかけられたら、絶対に逃げられない。

「緋天さまにはここで待っているよう言われました。叔父上《おじうえ》さまも、何かあれば屋敷に戻ってくるでしょう。だからここで待つのが一番早く、味方と落ち合えます」

「ですが奥様、もし捕まったら」

「捕まってもきっと殺されはしません。なんとか生きて逃げ切ればいいのです」

口で言うほど簡単なことではないだろう。緋天が言った夕刻までだいぶあるし、北斎たちも相当遠くまで進軍しているはずだ。鼓巳が追いついて、すぐ屋敷に引き返してきてくれても時間がかかる。

だが、これが一番勝算がある。

「もし途中でわたしを連れていないと見抜かれても、引き返さず叔父上さまのところへ向かってください。早霧皇子は捜索隊と称してかなりの手勢を椿ノ郷に連れてきたと、叔父上さまが言っていました。鼓巳さんでは相手にならないでしょう」

「……それはもう、某は戦下手《いくさべた》の黄鬼ですからね」

「行ってください、早く。わたしも隠れないと」

鼓巳は盛大にため息を吐いたあと、荷物に冬霞から預かった打掛をかけた。

「必ずこちらへ味方をよこします。それまでたえてください」

「はい。でもわたしが屋敷で待っていることは、叔父上さまか、緋天さまにしか伝えないでください」

「それは――」

言いかけた鼓巳がはっと顔をあげた。今度は冬霞にも聞き取れる音だった。馬の蹄が、屋敷の塀《へい》の向こうから聞こえる。

うなずいた鼓巳が裏口を出て走り去る。裏口はそのまま開けっぱなしにして、冬霞も踵《きびす》を返した。鼓巳と一緒に逃げたと思われている内に、身を隠さねばならない。

＊

青牙は両腕を組んで、跳ね橋をあげるために川を渡らせた青鬼を待っていた。だがさすがに一刻をすぎたところで、叫ぶ。

「いくらなんでも遅い！」

「かっかしてもしょーがねーだろ、次の斥候《せっこう》早く出せって」

「わかったような口をきくな、お前自分の立場をわかっているのか!?」

にらんでも黄羅はどこ吹く風だ。後ろ手に縛《しば》られていることにも、不満や焦りはないようだった。

だが、青牙は黄一族まで敵に回そうとは思っていない。だから族長であるこの男を天幕の中に入れた。他の黄一族も殺していない。縄縛りにしてまとめて見張っているだけだ。

とにかく先ほどより多くの手勢を川渡りに向かわせた。まったく、この川はいつも疎《うと》ましい。こんな川など存在しないかのように戦っていた緋天と鬼斬《おにぎ》りを思い出すと、憎しみすらわく。

苛々《いらいら》している青牙のうしろで、茣蓙《ござ》のうえにあぐらをかいた黄羅がつぶやいた。

「緋天じゃねーのかな……」

「なんだと」

「戻ってこない鬼たちだよ。緋殿にやられたんじゃねーかなと囚われの俺は思うのですが、蒼殿はどうでございますか？」

「だったらとっくにここへ攻めこんでいるだろう。警告用に青鬼共の死体が川に流れるなり、つるされてもいいはずだ」

「でも緋殿は甘いからなぁ」

黄羅の言い分を青牙は否定できなかった。

あれだけ強いのに、緋天は戦を好まず、何より犠牲《ぎせい》を厭《いと》う。戦も終盤は、緋天とあの鬼斬りの一騎打ち状態だった。おかげで鳴訣山の捜索に手勢をさいてもまだなんとかなるほど、蒼一族は生き残っている。椿ノ郷もそうだろう。

「甘いから、私が頭領《とうりよう》になるのだ」

「その理屈はわかるけどなー」

「ならば私に従え。鬼喰を人間に渡すわけにはいかん」

正面から命じると、黄羅が少し表情を改めた。

いつもへらへらごまかすばかり、戦場からは逃げる、鬼とも思えぬ雑鬼。だが、黄一族には黄一族のやり方がある。たとえば偽金がそうだ――と思い出すとはらわたが煮えくり返ったが、今はそれどころではない。

（こいつの力があれば、緋天を不満に思う緋一族も味方につけられる。緋一族と緋天を引き離すだけでもいい）

父のとった策で緋一族を激怒させてしまったことは、忘れていない。だが、黄一族の取りなしがあれば話が変わる。

誠意を見せるのが先だと、黄羅を縛っている縄を切ってやる。すると黄羅は嘆息《たんそく》した。

「おかしいとは思わねーかよ、蒼殿」

「何がだ」

「お前がこんなことしでかした原因。人間が鬼喰をすでに見つけた、っていう情報のことだよ。黄一族もつかんでない情報が、どうしてそっちに流れたのか」

「蒼一族独自の情報だ。お前らだけにしか耳がないわけではない」

ふんと鼻を鳴らした青牙を、黄羅は否定しなかった。だが、口元はにんまりと嫌な笑みを作っている。

「俺が気にしてるのは、どうして今更って話だ」

「……どういう意味だ？」

「鬼喰は鬼斬りに奪われてから、行方《ゆくえ》が知れなかった。もちろん鬼斬りがどこぞへ落としたとか捨てたとか、色々可能性はあるだろう。でも、少なくとも人間は鬼喰の存在に気づいていなかったはずなんだ」

それは鬼の共通見解だった。騒ぎ立てて勘づかれるのもまずいと、戦の最中は捜索を黄一族にまかせていたのだ。

「それが鬼斬りの首が落ちたあとになって、人間が鬼喰をさがしているなんて情報が出てくるようになった。蒼一族が一度、椿ノ郷に捜索隊を出しただろ。それも、今回の反乱と根っこは同じじゃないのか？」

「そうだ。人間どもが鬼斬りが持っていた遺品を、さがし始めたと聞いて……」

黄羅の口上にのせられて、つい答えてしまった。唇を噛《か》むが、黄羅は気にしたふうもなく遠くを見てうなずく。

「で、椿ノ郷に向かったわけか。じゃあ人間側は確信しただろうな。何か鬼にとって大事なものを鬼斬りが持ってたことを」

「待て、逆だろう。人間がさがしているから、我々は」

「わかってるって。けど、人間にもふたつ、情報が渡っちまったことは確かだ。ひとつは、椿ノ郷に何か大事な鬼のさがしものがあること。もうひとつは、それをさがそうとしたのは蒼一族だけであることだ」

　後者の意見に、青牙は目を丸くした。

「それが……何か、問題か」

「大ありだっつーの。そういう情報を流せば蒼一族は動くと教えちまったようなもんだろうが。おまけにこの件に関して、鬼の統率《とうそつ》が取れてないことも知られた。せめてこっちに相談してくれりゃ、緋天に蹴散《けち》らされねーように立ち回りを考えてやったのに。緋天もお前も相談が足りないんだよ、相談が。黄一族をもっと活用しろっつの」

　もっともらしいことを言う黄羅に青牙は舌打ちする。

「結局、お前から情報を買えという話ではないか。もういい、どちらにせよ人間に鬼喰を取られるわけにはいかぬのだ。だが、緋天は動こうとせん」

「……それが一番の問題なんだよなあ。あいつ強いけど、鬼を見てない。ゆっくり見守ってやれりゃいいが、この状況で頭領っつわれても、ついてくのは難しい」

「わかっているなら協力しろ」

「反対はしねえよ」

「まさか譲歩《じょうほ》しているつもりか？」

　降参するように黄羅は両手をあげた。

「どっちにしろ俺じゃお前を止める力はない。黄一族の中では一番腕が立つとはいえ、蒼一族の精鋭から逃げ出す力もねーし、かといってキレた緋殿に殺されるのも御免だ。だから中立」

「……いつも虫のいいことばかり言いおって。だから黄一族からは頭領が出んのだ」

吐き捨てた青牙に黄羅は笑い返し、膝を立てて座り直す。

「人間が嗅《か》ぎ回ってる鳴訣山のほうに手勢を回してるのは正解だ。けどな、自分が踊らされてる可能性も考えとけよ。この状況で一番得をするのは人間だ」

「お前は私を馬鹿にしているのか。そんなことくらい、わかっている」

黄羅がまばたいた。

「だがそれ以上に、このまま緋天が頭領でいることは、鬼にとって不利益なのだ」

戦《いくさ》をやめる、結構だ。だが緋天にはその先の展望がない。

何より、鬼喰を人に奪われることを平然と受け入れる頭領など、青牙は認めない。

「……まっすぐだなーお前」

「おちょくるな」

「いやいや。まあ、そういうことなら助言くらいはしてやるよ。さっさと嫁さんとこに帰りたいし」

「……嫁か」

ふとしたつぶやきに、黄羅が相好《そうごう》を崩す。

「おぉ、坊ちゃん鬼もついに結婚とか考え出したか？　いいの見繕《みつくろ》ってやろうか」

「いらん。ただ気になっただけだ。鬼斬りの妹はどうしているのかと」

「あー、あの生意気な姫さん」

ぽんと膝を打ったあと、黄羅は頬杖《ほおづえ》をつく。

「椿ノ郷対策としては、人質《ひとじち》でも嫁でも持っておいて損はねーと思うけど。なかなか肝《きも》っ玉《たま》も据わってるしな。偽金で俺の追及ずーっとかわし続けてさー、あの怒りくるってるおっそろしい緋天の横でにこにこしてるし。無事頭領になったら、お前が嫁にもらえばいいんじゃねーの？」

「あんな子どもをか、冗談じゃない」

「そういやあの子をやけに買ってるのがうちにいたなぁ。あいつどうしてっかなー」

「青牙様！　橋をおろす鬼が無事、向こう岸に到着したようです」

天幕の向こうから呼ばれて、青牙は立ちあがる。あとから黄羅がついてきたが、あえて何も言わなかった。戦力にはならずとも、身を守ることくらいはできるはずだ。そもそも黄一族はいつもいつも腹が立つほど逃げ足が速い。

死ねばそれまで。鬼とはそういう生き物である。

跳ね橋がおりてくる。同時に、川の向こうに土埃《つちぼこり》があがっている。見慣れた椿ノ郷の騎馬隊だ。知らず、口元がゆるむ。戦が終わって半年ほど、腑《ふ》抜《ぬ》けてはいないらしい。

それにくらべて、未だ姿を見せない頭領の情けなさが際立《きわだ》つ。

青牙も止められず、人間も止められず、何が和平か。

(鬼の恥《はじ》さらしめ)

もし緋天と一騎打ちになれば、青牙は勝てない。それでも戦わねばならない。

「あっちは鬼斬りに率《ひき》いられたときのまま、変わらねぇなぁ。怖いもの知らずだ」

「だがあいつらは幸運だ」

ついていけばいいと信じる背中があったのだから。

跳ね橋がおりてきた。人間が向かってくる。青牙が出す突撃の号令を、その頭上を、ひとつ影が跳び越えていった。

輝く日を背に、空から一閃《いっせん》。

山図川が真ん中で左右にわれた。白い飛沫《しぶき》の壁に、向こう岸が見えなくなる。遠く、馬のいななきが聞こえた。

「橋は⁉」

川の飛沫をあびながら黄羅が叫ぶ。思わず青牙も号令を忘れて目をこらした。

橋をよけて左右に川を斬ったらしく、無事だった。

橋の真ん中に、たったひとつ、影がおりる。

その手に持っているものは、鬼の頭領の証《あかし》。

「緋天……」

刀を鞘《さや》におさめて、鬼の頭領がゆっくりと振り向いた。


どうやら間に合ったらしい。ほっと緋天は肩を落としたが、すぐに気を引き締め直す。

兵がぶつかり合う前に止めたにすぎない。

橋の向こう、人間側は突然現れた緋天に戸惑っている様子だった。止まったことだけは確認して、緋天は鬼が陣取っている川岸へと振り向く。

これは蒼一族の反乱だ。

橋の中央からまっすぐ歩いてくる緋天に、青牙は最初ぽかんとしていたがすぐに表情を険しくして、誰よりも前に出てきた。緋天が出てきたのならば、討《う》つのは自分だと思っているのだ。そういう男である。

そのうしろには黄羅もいた。いつもより真剣な顔をして、緋天がやってくるのを待っている。

ちょうどいい、と思った。

手首を使い、わざと大きくくるりと黒刀を回して、鞘におさめる。緋天の動きを追った青牙と黄羅は、持っていいることを見て取ったようだった。

「今更、それを持ち出してくるか……！」

苦虫《にがむし》をかみつぶしたような顔で青牙が吐き出す。両腕を組んだ黄羅は黙ったままだ。

「いや、それならそれでかまわん。人なぞにとられるよりはましだ。私がお前から奪えばいいだけのこと」

青牙が刀を抜いた。

「さあ、お前も刀を抜け！　私はお前を頭領とは認めない！」

だが緋天は刀を抜かず、青牙の前に立つ。そして青牙に向けて、直角に頭をさげた。

「すまなかった」

「……」

しばらく返事がなかった。

「たいして何も考えず、頭領をやっていた」

「……」

「不安に気づかなかった。すまなかった」

「……な……ん……なん……」

「これからは変わる。よろしく頼む」

言いたいことを言って顔をあげると、身構《みがま》えたままの青牙があえぐように口を動かしたあと、いつものように青筋を立てた。

「なんだその自己完結は⁉」

「おお。蒼殿のくせに言葉が的確」

「……駄目か？」

「いや俺を見られても。青牙は真面目《まじめ》だからなぁ、搦《から》め手でいけよ」

「話をまぜ返すな黄羅！　いいか、そんな話ですむと――」

抜刀《ばっとう》に一瞬でも反応した青牙はさすがだ。

だが緋天の刀身は、青牙の首を逃がさなかった。

「お前の首を落としたくはない」

喉元《のどもと》に刀を突きつけられた青牙が、静かな目で緋天を見返す。

「蒼一族も、黄一族も、滅《ほろ》ぼしたくはない」

「……」

「ここでお前たちを斬り捨てないことが、俺が頭領になる決意の証だ」

答えない青牙に一度目を閉じて、緋天は命じる。

「蒼一族を引かせろ。そうすれば不問に付す」

「――またそういう、甘いことを」

「従わないなら蒼一族を滅ぼす」

青牙が目を丸くしたが、緋天は本気だった。青牙の背後に並び立つ青鬼たちへと視線を移すと、青牙が舌打ちして、刀を捨て、背後の青鬼に命じる。

「……鳴訣山のほうへ向かった者たちを今すぐ引き戻せ」

「で、ですが青牙様。鳴訣山には……」

「もう必要ない。頭領殿が持っておられる」

青牙の命令を受け、蒼一族の斥候《せっこう》が走る。緋天は青牙の喉元から刀を引いた。

「黄羅。お前はどちらだった？」

黄羅は肩をすくめた。

「中立？」

「それでは困る」

「でもどうせ俺は蒼殿にも緋殿にも刃向かえないし……と誤魔化《ごまか》してもいいけどな。本心は、あの川岸にいる人間共を緋殿がどうするかを見極めてからだ」

顎《あご》をしゃくられ、緋天はもう一度橋の向こうに振り返る。

「――青牙、黄羅。ついてこい」

青牙と黄羅が戸惑う気配はしたが、返事は待たずに歩き出した。

こちらの様子を注意深くうかがっていたらしい人間たちが、にわかにざわめき始める。

だがすぐに動揺《どうよう》はおさまり、馬にのった北斎が橋の前まで出てきた。

「……どこかで見た顔だな」

「そらそうだろ。鬼斬《おにぎ》りの叔父《おじ》だよ、あれは」

少し離れて青牙と黄羅が話している。緋天はまっすぐ歩きながら付け加えた。

「川に落ちかけていた」

「ああ、思い出した。あの間抜けな人間か」

「落ちかけたって、この川に？　そりゃ間抜けだわ」

「やかましいわ！　お前らの頭領は落っこちて流されていっただろうが‼」

屋敷で聞いたのと同じ北斎の怒鳴り声が飛んできた。青牙がふんと鼻を鳴らす。

「お前らの郷長《ごうちょう》も一緒に落ちて流されていっただろうが」

「あーやめようかこの争い。不毛だ。ぜってぇ時間の無駄だって察した」

「なんだと、雪疾を愚弄《ぐろう》するか」

「蒼一族の鬼を、今からこちらに常駐させる」

緋天が北斎に向けた言葉に、静寂が落ちた。

「俺が櫻都に行っている間、椿ノ郷を守るのに必要だ」

「緋天、お前何を勝手に……しかも人間共を守れだと⁉　なぜそんなことを我々が」

「この椿ノ郷はもう鬼の領土だ。人間が鬼を拒《こば》むことを俺は許さない」

これは人間への命令なのだと、緋天は馬上の北斎を見つめる。

手綱《たづな》を握りしめた北斎は、感情を抑えているとわかる声で尋ね返した。

「もし鬼が我らを食糧にしようとしても、おとなしく差し出せということか」

「それが負けるということだろう。だが、蒼一族は誇り高い。統率《とうそつ》もとれている。そちらが敬意を示せば、無体を働きはしない」

ちらと目配せした背後の青牙が、舌打ちをする。横で黄羅が薄く笑った。

「なるほど、うまく一本とったな」

「人間が一番懸念《けねん》しているのは食糧だろう。だが、俺は一方的な略奪を許す気はない。争いの火種になるからだ。だからどこで折り合いをつけるか、黄羅が案をあげてくれ」

「あーそこで俺に仕事をまわすかぁ」

「もう一度言う。俺は、人にも鬼にも一方的な略奪は許さない」

念押しに、黄羅が少し真顔になる。

「頭領の命令だ。そのつもりで人間との約定を作れ。見逃すことも同罪にする」

「——だ、そうだが、お話し合いをさせていただいても？」

黄羅はためすように馬上の北斎に目を向ける。

北斎は何とも複雑そうな顔をしていたが、長い息を吐き出して馬からおりた。

「では、皆様をご案内しよう」

「——様ァ、緋天様！」

息をつく間もなく入ってきた声に、緋天はまばたく。

自然と開いた道をまっすぐ走ってくる黄鬼の姿に、黄羅が声をあげた。

「鼓巳じゃねぇか。どうしたよ、お前、そんなに走って」

「ああよかった、緋天様！　大変でございます、冬霞様が、早霧皇子とその手下に追われてお屋敷にひとり、残って……！」

最後まで聞かず、緋天は地面を蹴る。

荒れた平野に、自身の影が長く伸びた。

＊

鼓巳の囮《おとり》はうまく機能したらしい。一度、早霧皇子の手勢と思われる人間が屋敷の中に入ってきたものの、ほとんどがすぐに出ていった。

濡れ縁のさらに奥、入側縁《いりがわえん》の下に身を潜めていた冬霞は、少しだけ胸をなで下ろす。

（これなら緋天さまが戻るまで、なんとかなるかも――）

だが半刻ほどたったところで、再び屋敷に人が戻ってきた。郷の者たちがさがしにきたのだ。遠羽子の声もまざっていた。漏《も》れ聞こえる会話をつなぎあわせるに、早霧皇子はこの騒ぎを『鬼に誘拐《ゆうかい》されたのか冬霞の姿が見えない』と説明したらしい。

いずれにせよ、早霧皇子の指揮での捜索だ。早霧皇子の部下もまざっているだろうし、郷の者に助けを求めても、北斎たちがいないのでは、早霧皇子の軍勢に刃向かうことは難しい。出ていくわけにはいかなかった。

さいわいにも、隠れているなら呼べば出てくるだろうという思いこみと、誘拐の痕跡をさがすというほうに意識が向いていて、誰も縁の下のさらに奥の暗闇まで確認はせず、息を殺しているだけでやりすごせた。

屋敷にいないのでは、村の外もさがそうという話が聞こえ始め、冬霞はそうしてくれと両手を握って願う。

庭の生《い》け垣《がき》の影が長く伸び始めているが、夕暮れの茜色《あかね》は見て取れない。

「囮だったのは間違いないのだな」

ふと頭上で響いた声と足音に、冬霞は息を呑《の》んだ。

「はい。矢をかけたところ、打掛を貫きましたので」

「なら屋敷かその周辺にいる可能性が高い。どこかに隠れているんだ。裏山に逃げたとしても遠くには行けないだろう。近場を徹底的に手分けしてさがせ。もし逃げるようなら多少脅《おど》しつけてもかまわん。だが、決して殺すな」

早霧皇子の声を頭の上で聞きながら、冬霞は唇を噛《か》む。だがどたどたと続く足音を追って、そろそろと這《は》い進んだ。

どうせなら相手の動きがわかったほうがいい。

「本当に鬼の美しさは面倒だな。あのような幼子までたぶらかすとは」

広縁をまがり、早霧皇子は庭の見える座敷に入ったようだった。冬霞の体なら床束《ゆかづか》の間を通り、床下にも入りこめる。

「ですが、蒼一族は鳴訣山に向かってきております。どれだけすばらしい鬼の刀かは存じませんが、皇子に本当のことを教えていたとは考えられませんか」

「ならば逃げる必要はないはずだ」

どうも早霧皇子は鬼喰をさがす部下にも、ただ鬼の刀というだけで、鬼喰という名前も価値も教えていないようだ。利己的な理由だろうが、ありがたかった。

「しかも黄鬼に何やら言付けをし、黄鬼がそれを了承している。黄鬼は鬼共の中でも一番の情報通《つう》だ。その黄鬼が青鬼共はこちらにだまされたような言い方をしたのだぞ。蒼一族に流していない鳴訣山の捜索を嗅《か》ぎつけたのも、黄鬼の情報あってこそだろう」

頭上にあるのは床板と畳《たたみ》だけ。会話も問題なく耳に届いた。

「ですが、たかが刀です。鬼の反乱が起こって危険な今、無理にさがすことは」

「ここで引けというのか！　冬霞は宝の本当の在処《ありか》をあの赤鬼に教え、私をたばかったというのに……！」

畳を叩く音が鈍《にぶ》く頭上から響く。

「口を動かしている暇があったら、さっさと冬霞をさがせ！　鬼共がここへ戻ってくるまでにだ！　すぐに口をわらせることはできずとも、冬霞が手に入ればこちらのものだ。人質《ひとじち》にできる。できなければ最悪、鬼と戦うことになるぞ！」

早霧皇子の怒りが怖かったのか、鬼と戦うのが恐ろしかったのか、幾人かいた部下たちはすぐにさがしますと大声で答えて慌ただしく出ていった。

その下で冬霞は膝をかかえてぎゅっと縮こまる。

（やっぱり、全部知られている）

「しかし、いったいどこへ隠れているんだ。郷の者にも助けを求めていないのなら、遠くには行けない……」

早霧皇子のぶつぶつとしたつぶやきと足音が聞こえてくる。どうやらじっとしていられないのか、歩き回っているらしい。

「まだ十二の子どもだぞ。体力も知恵もなかろうに――いや、妙に小賢《こざか》しいところがあったな。最後まで私に鬼喰を渡さなかった椿臣雪疾にそっくりだ。なら……ただ震えて待つか……？」

ぎくりと身をすくめるのと、足音がぴたりと止まるのは同時だった。

ここから離れなければ危険だ。ただの勘だった。だが急いで四《よ》つん這《ば》いになって這い始めた冬霞の真横を、まっすぐに刀身が畳と床板をつらぬく。とっさに口をふさいだので、悲鳴はあがらなかった。だが、遅れて右腕に一筋、痛みが走る――斬《き》られた。

冬霞の血がついた刀身が引き抜かれる。止めるすべはなかった。

「なるほど、下にいるのか冬霞」

笑みを含んだ声が頭上から響く。

「さすが、椿ノ郷の姫君。豪胆《ごうたん》なことだ。まさか敵の真下に忍んでいるとは」

位置をさぐるように、今度は背後に刀が突き立てられる。冬霞は脇目もふらず、移動を始めた。それを追いかけるように、足音が響く。

「ここか？　ここか？　出てこい、冬霞」

唇を引き結んで、冬霞は進む。冬霞の位置を探るような足音が恐ろしかったが、止まってはならない。できるだけ足音のしないほう、少しでも遠くへ逃げなければならない。

「鬼ごっこだな冬霞。すぐにつかまえてやる」

早霧皇子の哄笑《こうしょう》が頭上から降る。右腕からしたたる血も、じわじわ痛みを増す傷も、かまっている暇はない。

「床下だ！　床下にいるぞ！」

「引きずり出せ！」

とにかく人の声と足音のしない奥を選ぶ。だがすぐに行き止まってしまったので、方向転換した。誰か小柄な者が潜りこんだのか、あちこちから声と人の気配がする。音のない方向を目指して進み、沓脱石《くつぬぎいし》の裏で様子をうかがった。ここから出れば、玄関はすぐだ。屋敷の中に逆戻りしたのか、見張りの姿もない。

囲まれてしまう前に出るしかない。深呼吸して飛び出す。

だが所詮《しょせん》、限られた状況で選んだ選択肢《し》にすぎなかった。

「やあ、冬霞」

「あっ……！」

出た瞬間に襟首《えりくび》をつかまれ、持ちあげられる。傾いて低くなっている日の光に、目をつぶった。

（緋天さま）

乱雑に畳に投げ捨てられた冬霞は起きあがろうとする。

だが目の前に、刀がまっすぐ突き立てられて、動けなくなった。

「鬼喰はどこにある、冬霞」

「し……知りま、せん」

「ほう。では、赤鬼はどこへ行った？」

「ひ、緋天さまなら、援軍を、呼びに行ったんです」

「強情だ。では、黄鬼に何を伝言させた」

しゃがんだ早霧皇子が顎《あご》をつかむ。

夕暮れまでもう少しだ。きっと緋天は戻ってきてくれる。だったら今の冬霞にできることは、少しでも会話をして、時間を稼《かせ》ぐことだ。

「――兄さまを殺したのは、あなたですね」

早霧皇子が瞠目《どうもく》したあと、穏やかに笑った。

「……なんのことだ？　人間の私がそんなことをする理由がなかろうに」

「鬼喰を手に入れるためです」

早霧皇子が黙ったのを皮切りに、冬霞はしゃべり続けた。

「最初は、小さな違和感でした。あなたは兄さまは毒を盛られたと言った。でも、兄さまの最期を見ているはずの緋天さまは、毒矢に射《い》られたと言いました。どうして食い違いが出たのか。わたしは、兄さまがやったことだと思いました。自分に毒を盛った犯人を見つけてもらうため、少しでも違和感を残そうとしてしたことだと」

少なくとも緋天に嫁《とつ》いだ冬霞が気づくようにと、兄はできる限り色々な手がかりを残したのだ。

「毒を盛られたか、毒矢で射られたかなど、大した違いはない。君の兄君の首を落としたのは、他ならぬあの赤鬼ではないか」

「そうです。でも、戦場にいた鬼や叔父《おじ》は兄が毒に冒されたことも知らないのに、毒を盛ったなどと、なぜあなたは言えたんですか。そもそも毒なんて緋天さま以外が言い出すこと自体、おかしいんです。戦場にいた者たちの声もきちんと確認するべきでしたね」

早霧皇子は沈黙を選んだが、肯定するのと同じことだった。

「緋一族の里にたどり着いてから、あやしい文《ふみ》も届きました。鬼に気を許すなと警告し、鬼喰をさがさせようとわたしをあおる文です。あれは兄さまから鬼喰を奪えなかったあなたが指示したことですね」

「おかしなことを言う。たとえ私の指示だったとしても、緋一族の里に——鬼の里にいる君に、どうやってそんなことをするんだ」

「遠羽子さんです」

早霧皇子は冬霞の話を面白そうに聞いている。だから冬霞はしゃべり続けた。

「前の鬼の頭領が討《う》たれたとき、あなたは逃げ惑う遠羽子さんを捕らえて、鬼喰のことを聞き出したんでしょう。そして間諜《かんちょう》として鬼の里へ戻した。——なんと言って、遠羽子さんを脅したのかは知りませんが」

「ひどい誤解だな、冬霞。私を脅迫者のように言うとは」

嘆息《たんそく》して、早霧皇子は残念そうな顔をする。

「よく考えてみるといい。人が人の味方をするのは当然だろう？　あの老婆《ろうば》は望んで鬼の里にいたわけではない。赤鬼にさらわれて、子を産まされたのだ。鬼を恨《うら》んでいて当然だろう」

「でも、毒を自分であおるなんて普通ではありません」

「私の指示したことではないな。──だがそうか、冬霞はあの老婆が気になるか。では、連れてきてやろう。私に話をしてくれる気になるように」

口元に浮かんだ残虐《ざんぎゃく》な笑みに、冬霞は身震いしそうになったが、ここで黙ってしまっては相手の思うままだ。

どうにか気をそらすか、諦めさせるか。

「……あなたが何をしても無駄です」

「ほう」

「もう、緋天さまが鬼喰を手に入れているはずですから」

早霧皇子の目が今までで一番、鋭くなった。

「あなたにできるのは、このまま和平を結ぶことです。でなければ、櫻都と他の郷は、椿ノ郷と鬼を敵に回すことになるでしょう。──これは、あなたの身勝手な失策が招いたことです。わたしはあなたが兄を亡き者にしようとし、あまつさえ和平を破綻《はたん》させようとしたことを、公表します」

「なんだと」

「あなたは終わりです」

初めて早霧皇子の目に焦りが浮かんだ。

兄の仇《かたき》を取ろうとは思っていない。仇討ちに目をくらませて、しあわせを逃してはならないからだ。

けれど今、このときだけは嘲《あざけ》りをこめて、冬霞は叫ぶ。

「そうして一生、惨《みじ》めな思いをすればいい！　――っ！」

乱暴に襟首をつかまれた。いびつな笑みを浮かべた早霧皇子が、冬霞を引きずって縁側に出る。

「君の言い分はよくわかった、冬霞。では方針を変えよう。私は君を救って、椿ノ郷を追われる。我々は和平などという鬼の妄言にたばかられたんだ」

「な、にをいまさらっ……」

「どうせもうじき櫻都から軍がくる。反乱が起こった時点で、呼びよせておいた」

最初から、疲弊《ひへい》しきった鬼と椿ノ郷を叩くつもりだったのだ。

これが大人のやり方で、策だというならそうなのだろう。だが冬霞は悔《くや》しくてたまらない。

「卑怯者《ひきょうもの》……！」

「違うな。私以外が、愚かなだけだ。鬼も、和平など結ぼうと日和《ひよ》る人も。――馬を用意しろ、椿ノ郷から出るぞ！」

冬霞を脇に抱え直し、早霧皇子が縁側から外へ出ようとする。

赤い光が見えた。夕暮れだ。きっとあと少しなのに、そう思った冬霞はなんとか身をひねって、早霧皇子の袖《そで》をまくりあげ腕にかみつく。顔をしかめた早霧皇子が冬霞を地面に投げ捨てた。立ちあがって駆けようとしたが、後頭部をつかまれる。

「優しくしていればつけあがって」

「助けて！　助けて、誰か！　わたしはここです！」

郷の者たちに届くように、せめて誰かが追ってきてくれるときの手がかりになるように、力一杯叫ぶ。舌打ちした早霧皇子が冬霞の首を絞《し》めた。

「騒ぐな！　最悪、お前は死体でもかまわないんだぞ……！」

息ができない。ここで、殺されてしまうのだ。

(兄さま……緋天、さま)

諦めてはだめだ。けれど大人の、男の力にはかなわない。息苦しさに涙がにじむ。どんどん、夕日に染まっていく視界が赤く、かすんでいって――ふっと大きな影が、視界を覆《おお》った。

蹴《け》り飛ばされた早霧皇子が襖《ふすま》をたおして、屋敷の奥へと転がる。同時に呼吸ができるようになった。

浅く早く呼吸を繰り返すだけで精一杯の体が、よく知るぬくもりに包まれる。

「……ひ、てん、さま……」

「どこか、痛みは」

「……だ、いじょうぶ、です……苦しかった、だけで。あの、反乱は……」

「おさまった。――頭領と、認められた」

冬霞を片腕で丁寧《ていねい》に抱え直して、緋天は黒刀の切っ先をぴたりと畳《たたみ》に転がっている早霧皇子に向ける。

「申し開きがあるなら、聞こう」

「わ、私を殺せば戦《いくさ》になるぞ」

上半身を起こした早霧皇子が、切れた唇をぬぐいながら笑う。

「すでに椿ノ郷に櫻都の軍が向かっている。私が合流しなければ、進軍が始まるだろう。人との戦となれば、椿ノ郷は寝返るかもしれないな」

そして始まるのは、おさめどころを見失う泥沼の戦いだ。ぎゅっと冬霞は緋天の着物の袖をつかむ。

「私を見逃せば、お前が反乱をおさめたとして、会合まで取り仕切ってやる」

「おい緋天！　貴様がいなくなってどうする！」

突然塀《へい》の上から声がした。青牙だ。見あげた冬霞をじろりと見て、塀から中庭へと降り立つ。相変わらず堂々とした足取りだ。

「まあ、急ぎだったのはわかるが」

「ああ、なんだ無事だったの姫さん」

遅れてよじ登るようにして塀の向こうから黄羅が姿を現した。注意深く綺麗《きれい》に中庭に着地して、青牙のうしろから顔を出す。

「よかったなぁ。で、どういう状況だよ、これ。殺したのか？」

「……なぜか、殺せない感じになっている」

緋天の説明になっていないただの雑感に、青牙と黄羅がそれぞれ目を丸くしたあと、無言で冬霞を見た。説明を求められていることを感じ取り、冬霞は慌てて口を動かす。

「反乱があったと、すでに櫻都に軍を呼ばれてしまっているんです。ですから……」

語尾をにごした冬霞に、ふたりとも苦い顔をする。事情を察してくれたらしい。

勝ち誇った顔で、早霧皇子が立ちあがった。

「では私はこれで失礼しよう。鬼喰を拝めたのは僥倖《ぎょうこう》だった。見事な黒の刀だ」

一瞬で鬼たちが殺気立った。冬霞も遅れて気づく。

早霧皇子を放置すれば、鬼喰の存在を明かされてしまう。そうしたら。

「――いいえ、反乱なんて起きてません！」

突然叫んだ冬霞に、早霧皇子が足を止め、鬼たちの殺気が霧散した。

急いで冬霞は胸元をさぐる。落としていなかった。

「緋天さま、火、火を出してください、鬼火。これを燃やすんです」

「？　これは」

「いいですか、早霧皇子。反乱なんて起きてません。蒼一族は――そうです、恥《は》ずかしがり屋の青牙様が、頭領の緋天さまの櫻都行きにせめて祝砲をあげたくて、こっそり用意したものなんです。あれは軍ではありません！」

「なんだと⁉」

仰天《ぎょうてん》したのは青牙だ。ぽかんとしたあとで、早霧皇子が笑い出す。

「何を言うかと思えば。私は確かに蒼一族より書状を受け取った。あれは反乱――」

「ああ、なるほど。これがその書状だろ」

緋天の手からひょいと取りあげた黄羅がにんまり笑い、指先に灯した火をつけた。あっという間に、青牙の見事な達筆が燃えあがる。

「これがないと、反乱だったとは断言できないよなぁ」

　ざあっと早霧皇子の顔から血の気が引いた。今ひとつのみこめない顔をしている青牙と緋天を置き去りに、黄羅は一歩前に出る。

「根拠もなく勘違いで都の軍を動かした。鬼との和平を結ぶこんなときに、恐ろしく軽率《けいそつ》な行為だ。もちろん鬼側は断固、人間側に抗議を申し入れる。あんたは混乱を引き起こした罪人として拘束《こうそく》する。いいよな、頭領」

「……ああ。まかせる」

「な……にを、今更！　そんなもの、青鬼が承知するとでも」

　皆から注視された青牙が、めずらしく気圧《けお》されたような顔したが、やや苦々しい咳払《せきばら》いとともに、棒読みで声をあげる。

「あー、ばれてしまってはしかたない。頭領の晴れ舞台を祝砲で飾るだけの予定が、まさかこのような勘違いをうむとは」

「なっ……」

「はっはっは、そうそう。そういうことなんだよ、早霧皇子」

「――青牙、黄羅。とらえろ、全員だ」

　静かに緋天が命じる。

「抵抗するようなら食ってもかまわない」

早霧皇子が震えあがり、転げるようにして駆け出す。黄羅が肩をすくめた。

「鬼と鬼ごっこか、勇気あんなあ」

「お前がつかまえなくていいのか」

「冬霞を抱いたままだ。——冬霞？」

なんとかなった。その安心感がどっと疲労感をつれてくる。

そういえば腕から血も流れていて——ぐるりと視界がまわったと思ったら、冬霞は緋天の腕の中で気を失っていた。


気絶している間に、冬霞は櫻都まで運ばれていた。

こんこんと二日間眠り続けた冬霞に、だいぶ緋天は動転したらしいが、黄羅がきちんと右腕の手当てや医者の手配をしてくれ、こちらに向かってきた櫻都の軍勢と交渉もすませ、青牙が祝砲をあげると称して緋天を引きずり、会合に間に合ったらしい。緋天は言われるがままだったようだ。

だが会合は無事、和平の約定に緋天が署名するだけで終わった。早霧皇子は黄羅が手を回したらしく、今回の和平の破綻《はたん》を目論《もくろ》んだ罪人として突き出された。雪疾を暗殺しようとしたことも公表され、皇子としてありえない軽率な行為だと、すぐさま廃位と配流《はいる》が決まり、会合に顔を出すこともなかった。

これに顔をしかめたのは、結局櫻都までついてきた青牙だ。

「やはり殺してしまったほうがよかったのではないか。あやつは知っている」

「鬼と戦うために妄言も平気で吐く御方って印象づけといたから、耳を貸してもらえないだろ。わざわざ殺すほうがあやしまれる」

青牙の懸念《けねん》に冷静に答えたのは、鬼用にわざわざ用意された櫻都の屋敷で毎晩宴会を開いている黄羅だ。

「それに今はもう、頭領殿が持ってるんだからいいだろ」

「……そうだな。刀、などと言っていたしな」

ふと顔をあげた冬霞に、黄羅は意味深に笑って、唇の前に人差し指を立てた。知らないふりをしなさい、ということなのだろう。鼓巳いわく、「黄羅様は族長たちの中で一番話がわかる方」だ。素直に忠告を受け取っておくことにした。

そうこうしている間に、緋天が黄羅に勧められるまま酔い潰《つぶ》されてしまった。青牙に緋天を運んでもらい、御帳台《みちょうだい》のある寝殿に入る。

「まさか、酒に弱いとはな。――まかせてかまわんな」

「はい」

「何かあれば呼べ。まったく、女中《じょちゅう》がいないというのはどういうことだ」

ぶつぶつ言いながら青牙は戻っていく。ふっと冬霞はうつむいた。

遠羽子ははぐれてしまったのかなんなのか、姿を消していた。椿ノ郷に残っている鼓巳と北斎に頼んでさがしてもらっているのだが、どこにいるのだろう。

(脅《おど》されて内通者になっていたことを気に病んでいないといいけれど……)

ごろりと緋天が寝返りをうった。

北にある椿ノ郷や逢枝山より、だいぶ櫻都は暖かい。だがまだ早春、夜は冷えこむ。公《く》家《げ》風の生活を続ける櫻都では布団がないので、冬霞は用意しておいた厚めの夜着を緋天にそっとかけて、ふと気づいた。

緋天が乱した敷布から、何か紙がのぞいている。

『お世話になりました』

ずっと届いていていたあの文《ふみ》と同じ作りだ。冬霞は急いで外へと駆け出した。

明るい夜だった。雲の隙間《すきま》から、満月が顔を出している。

宴会の続く屋敷からの灯りもあって、冬霞の目当ての人物の影はあっさり見つかった。

「遠羽子さん！」

市女笠《いちめがさ》を持った遠羽子が振り向いた。袿《うちき》を頭からかずいており、草履《ぞうり》を履《は》いている。旅装束《たびしょうぞく》だ。追いついた冬霞は、急いでその腕をつかんだ。

「どこへ行くのですか。ずっとさがしていました」

「……奥様……」

「でもよかった。明日には櫻都を出る予定だったんです。一緒に帰りましょう」

「私が何をしていたかご存じなのでしょう」

ゆっくりと冬霞は首を横に振った。

「もう、すんだことです。わたしも無事です。みんな、無事で終わりました。だから、いいんです」

「……」

「ここは寒いです。さあ、中に入りま――」

「奥様は本当に、お優しくていらっしゃる。ならばなぜ、早霧皇子を助けてくださらなかったのですか」

遠羽子が浮かべた笑みに、冬霞は凍《こお》りついた。

「なぜ、鬼の味方などしたのですか。なぜ、あの方に鬼喰《おにぐい》を渡して、鬼共を滅《ほろ》ぼしてくださらなかったのですか」

一歩進み出た遠羽子の腕をはなして、冬霞はあとずさる。

(だって、遠羽子さんは、緋天さまに、助けられて……)

違う。助けたのは早霧皇子なのだ。

ひどい思い違いにやっと気づいた冬霞を憐《あわ》れむように、遠羽子は微笑《ほほえ》んだ。

いつもどおりに。

「どうしてあれだけ早霧皇子に求められていたくせに、選ばなかったのですか。こんな老《ろう》婆《ば》と違って、若いあなたなら愛されることも、子を産むこともできるのに」

遠羽子は毒を自ら口にするほどに脅されたわけでも、恩を感じていたわけでもない。

呆然《ぼうぜん》と目を見開く冬霞に、おかしそうに遠羽子が笑う。

「おかしゅうございますか。こんな老婆が、あのような天上の御方に惹《ひ》かれたこと」

「……そ、れは……でも、どうして、そんな」

「あの方は、人に戻してくださると言ったのです、私を。鬼の里にさらわれ、そこから逃げることも何も叶わないまま年だけ取った私に、これからやり直せばいいとおっしゃって、手をにぎってくださった」

ふふ、と笑う遠羽子の少女のような笑みが、あやしく月の下で浮かびあがる。

「それはこの婆の、初めての恋でございましたよ。――それなのに」

冬霞に向けられているのは殺気ではない。嫉妬《しっと》なのだ。

「ここ数ヶ月は心乱れっぱなしでございました。御館様《おやかたさま》とあなたを支えるそぶりで、引き裂かねばならない。ですが引き裂けばあなたが早霧皇子の花嫁におさまってしまう」

「……わたしを、傷つけなかったのは、ためらいではなくて……」

「ためらいはございましたよ。あの方の願いが頓挫《とんざ》してしまうかもしれない、という。ですがこんなことになるのならば、別の手段をとったのに」

冷たい一瞥《いちべつ》を冬霞はなんとか呑《の》みこもうと唇を震わせる。遠羽子はそれを見てにんまりとした。

「なんとまあ、傷ついておられるのですか。ではもうひとつ教えて差し上げます。奥様の兄君に毒を盛ったのは、この婆でございますよ」

顔をあげた冬霞に、遠羽子は優しげに語った。

「優しい鬼斬《おにぎ》りでございました。どうぞ鬼からお守りくださいと物乞《ものご》いの老婆が差し出した一杯の水を召し上がってくださった。ですが、人ではなかったのかもしれません。水には即死できるだけの毒薬が入っていたのに、平然と戦場に出ていったのですから」

「……兄さまは、あなたが……！」

「ええ、そうでございますよ。それでもまだ遠羽子に戻れと、そうおっしゃってくださいますか、お優しい奥様」

拳をにぎり、奥歯を嚙《か》みしめた冬霞の顔を、満足そうに遠羽子は見返す。

「もういいでしょう。お暇《いとま》させていただきます」

「……早霧皇子の元へ行くのですか。あの方は、配流される身。あなたを許すとも思えない。殺されますすよ」

「それがついていかぬなんの理由になりましょうか」

うっとりと告げた遠羽子は、優しく冬霞を見た。

「言ったでしょう。恋をしている女は、恐ろしいのですよ。きっと奥様も恐ろしい女におなりでしょう。何せ鬼に惹《ひ》かれておられるのだから」

「……」

「不幸しか生みませんよ、鬼と人の恋など。人同士とて、ままならぬのですから。ですが私にはもう、関係のない話でございますね」

管笠をかぶって、遠羽子は歩き出す。向かう先は、月明かりも届かぬ暗闇だった。

それでも彼女は行くのだ。

「鳴訣山の里のように奥様が燃え尽くされてしまわぬよう、老婆心ながらお祈りしております。早霧皇子と、あの世から」

——止めるすべも言葉も、冬霞は持ち合わせていなかった。

たったひとり、屋敷の玄関で冬霞は立ち尽くす。取り残された気分だった。

（……恋をしている女は、恐ろしい。きっと鬼よりも）

ぎゅっと唇を噛みしめていると、ふと背後から抱きあげられた。緋天だ。

「戻ろう」

「——緋天さま……」

不意に、この瞳に見つめられて苦しくなることを恐ろしく感じて、冬霞は目を閉じる。

「……今ならまだ、離縁して椿ノ郷に戻してやれる」

はっと冬霞は緋天の横顔を見あげた。いつもどおり、淡々としていた。

「雪疾も、怒らないだろう」

「でも……でも、わたしは」

「不幸になることはない。……鳴訣山の里のように」

生まれ故郷を不幸の象徴だと言う緋天に、どうしようもないほど胸が締めつけられる。

もう恐ろしさなど、吹き飛んでいた。

「いいえ——いいえ、いいえ。わたしは、緋天さまの妻です。兄さまのことがなくたって、つめ返した。

　緋天がまたたいて冬霞の瞳を見返した。置いていかないでくれと願いながら、冬霞は見妻でいます」


「……いいのか」

「いいんです。ですからそんな、女心のわからないことをおっしゃらないでください。緋天さまはいつだってそうです。わたしを、妹扱いなんてして」

　寝殿の階段を登るところで、緋天が足を止めた。

「だめなのか」

「だめに決まっています」

「難しい年頃だな……」

　つぶやく緋天は冬霞を手放さないことにしたらしい。ほっとして冬霞は笑う。

（もうやめよう。恋をしたかもしれないいいなんて、考えるのは）

　向き合わないから、知らないから、恐ろしく感じてしまうのだ。

「難しくもなんともありません。わたしをただ、妻扱いしてくださればいいのです」

「そう言われても、どうすればいいか難しい」

「ではわたしが考えます。まずは……」

当然のように抱きあげるのをやめるべきだ、と言おうとしたとき、ふっと月明かりが翳《かげ》った。

頬《ほお》に、優しく唇が押し当てられる。

「これでいいか」

「……は、ひぇっ？」

変な声をあげてしまった冬霞は慌てて口を両手でふさぎ、真っ赤になって視線を泳がせる。冬霞の様子を見ていた緋天がふっと、微笑んだ。

（——笑った）

それだけで胸がいっぱいになってしまう。

「早く大人になってくれ。俺はもう、食えない鬼じゃない」

意味もわからないまま、こくこくと何度も冬霞はうなずく。この鬼がしあわせになるならなんでもしたい、と思った。

だから恋は恐ろしい。こんなにも美しい鬼に惹かれたなら、なおさらだ。

けれど冬霞は今、間違いなくしあわせだった。

※この作品はフィクションです。実在の人物・団体・事件などにはいっさい関係ありません。

集英社オレンジ文庫をお買い上げいただき、ありがとうございます。
ご意見・ご感想をお待ちしております。

● あて先
〒101-8050　東京都千代田区一ツ橋2-5-10
集英社オレンジ文庫編集部 気付
永瀬さらさ先生

集英社
オレンジ文庫

鬼恋語り

2020年2月25日　第1刷発行

著　者　永瀬さらさ
発行者　北畠輝幸
発行所　株式会社集英社
〒101-8050東京都千代田区一ツ橋2-5-10
電話【編集部】03-3230-6352
【読者係】03-3230-6080
【販売部】03-3230-6393（書店専用）
印刷所　株式会社美松堂／中央精版印刷株式会社

※定価はカバーに表示してあります

ISBN 978-4-08-680305-2 C0193